うたの徒行

外塚 喬
Tonotsuka Takashi

六花書林

うたの徒行 ＊ 目次

装幀 真田幸治

うたの徒行

母の歌

短歌を作り始めたころに人によく聞かれたのは、家族で誰か歌を詠んでいるのかということだった。歌を詠むことは特別視されていたらしく、若い男性が何で歌などにうつつを抜かしているのか不可解に思えたのだろう。歌を始めたきっかけを聞かれたときなどは、父の影響を受けてと、さも素直な子供であったかのように答えてはいた。しかし、実際は父が歌を苦心して詠んでいる姿など一度も見たことはない。

その父から、『新万葉集』には自分の歌が二首しか採られていないが、母は四首も採られていることを聞かされていた。母が歌を詠んでいたことは薄々知ってはいたが、作品に触れることはなかった。その願いが叶ったのは、しばらくしてからのことである。

『新万葉集』は、一九三七（昭和12）年から三九年にかけて改造社から刊行されている。全十一巻。当時の著名歌人のほかに、太田水穂、北原白秋、窪田空穂、佐佐木信綱、齋藤茂吉、釋迢空、土岐善麿、前田夕暮、与謝野晶子、尾上柴舟を審査員として一般応募作品、四万首のなかから選んだものが掲載されている。正編は六六七五人、二六七八三首が収録されている。
母の歌は、外塚あき子として発表している。

夕立のはれたる前の田をひろみひるがへり飛ぶつばくらいくつ　　外塚あき子
もぎて来し玉蜀黍《たうもろこし》の笊を置く土間のあたりの蟋蟀のこゑ
氷嚢をかへむとをれば厨より見ゆる霜夜の月冴えにけり
吹かれつつ堤のみちを帰るとき山を焼く火を寒く見にけり

といったものである。当時は清水比庵主宰の「二荒」に、月江千草として作品を発表していたらしい。一九三五（昭和10）年に父と母は結婚している。女学校当時から興味をよせていた歌への思いをしばらく中断していたが、結婚を機会に復活したということであろう。「二荒」の何冊かは、引き取った父の蔵書のなかにあったので、書庫に保存してある。母の一周忌を機会に探し出して、母の若き日の心に触れてみたいという気持ちが更に強くなった。

中村硯

筆を持つことが少なくなった。今までも、頻繁に用いていたわけではない。以前は年賀状だけは筆で書いていたが、今では筆を使うことなく、パソコンの助けを借りている。筆を持つのは、必要があって色紙や短冊に歌をしたためる時くらいである。いつの間にか、筆も硯も出番が少なくなってしまった。

硯は手元にいくつかある。昔ながらの長方形のものから自然石を細工した大きなものまでを含めると、五個くらいはあるだろう。しかし、使っているのは一つのみである。端渓などという代物ではない。高価であればよいわけではない。高知県は四万十市の山奥で作られた中村硯である。二〇〇八（平成20）年に四万十市の短歌大会によばれた時に、主催者から頂いたものである。地元の人たちにとっては、中村硯が日本一であるとは思わないだろうが、自慢のできる一品であることには違いない。短歌大会が終わった後に、車を飛ばして山奥の硯工房を訪ねてみた。工房といっても、民家の一角で個人がほそぼそと石を彫っているという感じがしたが、かえってそこに手造りに心を込める製作者の心意気を見る思いがした。

長年、硯は長方形のものであるというイメージを持っていた。書道のために親が買い与えてくれたのも、長方形の硯であった。中学生や高校生の頃も、誰もが長方形の規格品を使っていたのだ。そのイメージを変えてくれたのは、木俣修先生だった。上京後はたびたび木俣邸を訪れることがあったが、あるとき先生が何を思われたのか、外塚、墨を摺れと言う声がかかった。応接間のテーブルの上には、大きな硯が置かれていた。今までわたしが見てきた硯とはあきらかに形が異なる、大きな硯であった。先生の前で墨をするとは思ってもみなかったが、言われるままに墨を摺りはじめると、それほど力を入れないのに墨が硯に吸い付き、一体感があるようにさえも思われた。自らの呼吸に合わせて心を鎮めるように摺ると、墨の香りが漂ってくる。この香りは心をも癒してくれる。至福のひとときでもあった。

摺りあがると先生は、おもむろに出来てきたばかりの『近代短歌の史的展開』の扉に、

書棚よりはみだしたるは積みあげて西日ぎらつく窓をふさぎつ　　木俣　修『呼べば谺』

の一首をしたためて下さった。応接間でのひと時を、今は懐かしく思っている。

燐寸

寺山修司にはさまざまな顔がある。歌人としての寺山を語る時に次の一首は忘れられない。

マッチ擦るつかのま海に霧ふかし身捨つるほどの祖国はありや　　寺山修司『空には本』

一九五四（昭和29）年に、「チェホフ祭」五十首で第二回短歌研究新人賞を受賞。当時、寺山は十八歳であった。受賞作が俳句からの模倣ではと取りざたされたりはしたが、その瑞々しい感性は茂吉や迢空の亡きあとの歌壇に大きな衝撃を少なからず与えている。たしかに「マッチ擦るつかのま海に霧ふかし」の上の句だけでも、俳句として読める。しかも寺山の上手いところは、「身捨つる」とか「祖国」といった言葉をなんなく使いこなしているところだろう。少し気障な感じはするが、今でも惹かれる一首である。
寺山の歌に感心していたが、話の本題は「マッチ」である。いまでこそマッチはあまり使われなくなってしまったが、わたしが上京した当時に出入りしていた喫茶店には、必ずと言ってよいくらいマッチが常備されていた。どの店も趣向を凝らした独自のラベルが貼ってあり、気に入ると持ち帰って抽斗にこっそりと忍ばせておいたものである。なかには蒐集するために、喫茶店をはしごした友人もいたほどだ。

人形町で仕事をしていた頃、道ひとつ隔てたところに、こぢんまりとした喫茶店があった。店の名は忘れたが、今でもマッチだけは印象に残っている。真っ赤なラベル。そっと開けると黒い軸のマッチ棒がぎっしりと詰まっている。封印されている大人の世界を、垣間見るような昂ぶりを覚えたものである。

もう一か所出入りしていたのが、高田馬場駅前の「アイン」という店である。「Ｅｉｎ」と書かれていたような記憶があるが、定かではない。二階建ての喫茶店であったが、その二階のいちばん隅がわたしのお気に入りの席であった。ここの店はモーツァルトの曲がよくかかっていたのを覚えている。名曲喫茶らしく、瀟洒なラベルであったことだけは記憶に残っている。四十年も使っている机の引き出しの隅には、まだ昔ながらのマッチが何個か眠っているが、捨てることができない。時にはそっと開けてみたい誘惑にかられるが、開けることはしない。マッチは、若き日の思い出を密かに封印してくれるからだ。

時計

高級な腕時計を持っていることが、ステータス・シンボルでもあった時代は過ぎた。竜頭で毎日のようにぜんまいを巻いていた時計などを知っている人は、少なくなってきている。今や電波時計が主流の時代であって、時計は狂うことがない。待ち合わせなどをしても、時計が遅れていたからなどとの言い訳はできない。値段も特別な高級品にこだわらなければ、千円くらいで買うことができる。アクセサリーとしてなら、これで充分だ。いまでは腕時計をしている小学生を見かけるが、わたしが子どものころは時計を身に着けることなどは到底考えられないことであった。中学までは、時計をもつことが禁止。高校生になってはじめて腕時計をしたが、大人の仲間入りをしたという感じが強くあった。
時計はよく作品に詠まれている。

ゆるびたる時計のねぢを巻きて眠るなほいのちある明日をたのみて　上田三四二『湧井』

帰宅するや否や時計を外すくせいつよりか妻にうつりをりをかし　竹山　広『空の空』
暗がりに柱時計の音を聴く月出るまへの七つのしづく　河野裕子『はやりを』

項目別に作品を探すのは、『現代短歌集成』（角川書店）が便利である。時計の歌をすぐに探すことができた。上田の歌。時計の螺子を巻くことによって、自身の生も、時計のように止まることのないようにと祈念する姿が見えてくる。竹山の歌も日常の一齣であるが、妻に癖が移るというのは可笑しみだけではない。長年を共に暮らす夫婦の間の、阿吽の呼吸のようなものが思われる。柱時計を詠んだ河野の歌は、時代を越えた郷愁を感じさせてくれる。時計の音を「七つのしづく」と捉えているのには、感心させられる。

わたしは腕時計をもう何十年もしていない。懐中時計を使用している。腕時計よりも文字盤が大きいので、とても見やすい。二年ほど前に、さらに文字盤の大きい懐中時計を求めた。JRの駅員が使用しているものと、同じものである。電池も十年は取り替え不要という代物である。残りの人生を考えると、もう新しい時計を求めることはないだろう。それよりも、時間に追われることのなくなった今の生活を、大いにエンジョイしていこうと思っている。

切手蒐集

熱しやすくて冷めやすい人には、蒐集という趣味は向かないようだ。わたしの周辺には、さまざまなものを蒐集していた人がいた。ある人は煙草の包み紙、ある人は燐寸のラベルといったものを蒐集していた。煙草の包み紙を集めていた人は、二十代のころの上司であった。煙草は観光地で販売されている特定のものに価値を見出していたようだ。地方に出張するとなると、土産はいらない。その代わりに観光地の煙草を買ってくるように命じられた。一度、ファイルに収められた蒐集品を見せてもらったことがあるが、それぞれの観光地の特色が出ていて、それは素晴らしいものであった。後年、観光地のテレホンカードがたくさん販売されたが、このシステムを真似たのではないかと思ったくらいである。

蒐集とは、何十年も続けてこそ価値がでるものだが、途中で投げ出してしまうことが多い。わたしも十代の半ばに、切手収集に夢中になっていた。今でこそ記念切手は毎月のように出ているが、当時は発売される回数も限られていた。年間の発売日の一覧表が頼りだった。発売日には、昼休みになると学校を抜け出して郵便局に走ったものである。

エトピリカの切手を貼ればまだ書かぬ葉書は北のエトピリカ宛て　小島ゆかり『エトピリカ』
切手には横顔の少女描かれてよこむきのまま雨を見ており　後藤由紀恵『冷えゆく耳』
舌先に舐めて貼るまでにひと呼吸おきて貼りたり茂吉の切手　外塚　喬『草隠れ』

切手を詠んだ歌がたくさんあるかと思ったが、意外と少ない。「エトピリカ」はおもに海上で生活する海鳥で、日本では北海道南東部の沿岸の崖地島でごく少数が繁殖するとある。「エトピリカ宛て」にどんな夢を託すのだろうか。夢の広がるような歌である。後藤さんの歌は、切手に描かれている少女に焦点が絞られている。「よこむきのまま」というところに、こころ晴れぬ思いが託されているようにも思える。わたしの歌は、切手を貼るときの仕草を詠んだつもりだ。恐れ多くも茂吉の描かれている切手である。おのずから慎重にならざるを得ない。あれほど夢中になって収集した切手だが、今は存在すらわからない。

誕生日

今は少子化で子どもの数が少ない。戦時中は、産めよ増やせということで、兄弟が多いなどは当たり前であった。かくいうわたしも五人兄弟である。しかし、長女はわたしが生まれるとすぐに亡くなっているので、記憶にはない。そのためか、人に聞かれると四人兄弟と答えたりしている。

これは聞いた話なので確証はないが、子どもを産むなら、3、3、5計画がよいと言われている。三年おきに三人の子どもを五月に生むのが理想らしい。五月に生むというのは、季節がよい、子育ても、これから暖かくなるので、育てやすいということだろう。遅生まれで、小学校に入学するときにも有利であるという人もいる。さらに五月生まれは頭が良い人が多いと言われているが、これは信じてもらわなくてもよいだろう。なにしろわたしが五月生まれだからである。

歌人の亡くなった日は記憶にあっても、誕生日はあまり知られていない。近年に亡くなった歌人をみてみると、五月が誕生日の人が多い。ちなみに近藤芳美はわたしと同じ、五月五日の生まれ。大西民子は、五月八日、玉城徹は五月二十六日である。

たちまちに君の姿を霧とざし或る楽章をわれは思ひき　　近藤芳美『早春歌』
もし馬となりゐるならばたてがみを風になびけて疾《と》く帰り来《こ》よ　　大西民子『雲の地図』
夕光に葉むらのはしをもれ出づるほのくれなゐのたにうつぎの花　　玉城　徹『窮巷雑歌』

三人共に思い出深い人たちである。近藤さんの『早春歌』は、わたしが歌を始めたころに夢中になって読んだものである。「たちまちに君の姿を霧とざし」の軽快なリズム感は、愛唱歌としてふさわしい。今の時代においても、この瑞々しさは貴重であろう。大西さんは結社の先輩でもあり、刺激を受けた一人である。幻想的な作品は魅力的で、当時の仲間たちを魅了したものである。思い出は数限りない。玉城徹さんとは「現代短歌を評論する会」で十年間、行動を共にした。結社という枠をこえて、多くのことを学ばせてもらった。お酒の席でも議論するのが好きな人だった。親しかった人たちが亡くなるのはさびしい。そして、亡くなった人に冷たい短歌界もまたさびしい。

吉野昌夫さんを悼む

吉野昌夫さんが、二〇一三年の七月一日に亡くなられた。八十九歳であった。吉野さんとの出会いは、一九六三（昭和38）年の四月の「形成」の東京歌会であった。わたしが十八歳。吉野さんは、まだ四十歳を過ぎたばかりであった。その後はいつも先輩という意識をもってつき合わせて頂いたことは、いうまでもない。

上京したわたしが下落合に住んでいて、吉野さんが井荻に住んでおられたということもあって、よくお宅に伺っていたが、大抵は夕食の済んだ後が多かった。来るときは作品を持ってくるようにいつも言われていたので、作品がたまると出かけていった。一対一での厳しい批評が始まると、時間を二人とも忘れて深夜に及ぶことがたびたびあったが、それは楽しい時間でもあった。三人の子どもたちもまだ小さかったし、父親との時間を過ごしたいに決まっている。それなのに、勤めから帰って疲れている顔も見せないで、わたしの歌に向き合って下さったのである。

吉野さんの第二歌集『夜半にきこゆる』の「あとがき」には、「長年住みなれた大井町から名古屋、習志野、荻窪、小金井とめまぐるしく住まいを移し、戦後素人商売ではじめた古本の店も三十五年にはたたまなければならなかった。若さですべてをおしきってこられた前集の時代とはかわって、生きることのきびしさ、さびしさというものをようやく思い知らされた時期でもあったように思う。」と記されている。吉野さんの作品に、変化の兆しが見られるようになったころでもある。『夜半にきこゆる』には、わたしが出会ったころの作品が収められていてなつかしい。

拷問にかけ置きしわれをゆるしやらむ放たれていづくへゆくやしれねど
あぶら虫天井を這ふ喫茶店さればぞわれを葬《はうむ》りに来る
目をつむりゐる間にわれの前に来て坐れくつがへせ今また未来
ぬりこめらるるまでは空気にふれるだけふれておけ錆びるだけ錆びておけ
吉野昌夫『夜半にきこゆる』

今はまだ多くのことを語ることはできないが、どんな思いで「形成」を解散に導いたのか、信頼していた人たちとの離反なども、何れは語らなければならない時がくるだろう。

難読漢字

最近はテレビなどで、しきりにクイズ番組が放映されている。難読漢字の問題などは興味があるので見ているが、中には答えられないような漢字の読み方も数多くある。例えば、「山車」や「案山子」などはお手の物だが、外国の地名で「希臘」や「埃及」「牛津」などといった問題はまったくわからない。ちなみに答えは「ギリシア」「エジプト」「オックスフォード」である。難読漢字では、思い出すことがある。

方頭魚の頭のみ売るを見て過ぎてわが夕ごころとみにけはしも　　木俣　修『流砂』

という歌である。
「形成」創刊三十周年（一九八二年）の記念品に、『木俣修作品・初句二句索引』を宮本永子と共編で刊行することになったときのことである。順調に仕事は進んでいた。「寒風」などは「かんぷう」なのか「さむかぜ」なのかを木俣修先生に直接うかがっては確認したが、全作品のなかで、先の一首の初句だけは先生も何と読むのかが答えられなかった。「方頭」という言葉はあるので「はうとうぎよ」ではないかと思ったが、そういう魚は見当たらない。吉野昌夫さんに相談したところ、吉野さんも分からず、親友の草柳繁一さんに話は伝わった。草柳さんは物知りである。何日か後に、「歳時記」にあるのを見つけて教えて下さった。この一首が解らなければ、刊行は不可能だっただけに、救いの神に出会ったような嬉しさがこみ上げてきた。「方頭魚」は「かながしら」と読む。『広辞苑』では、「金頭・火魚」として載っている。「ホウボウ科の海産の硬骨魚。頭は大きく角張って固い」ともある。そして最後には、「方頭魚」も載っている。

方頭魚とはいったいどのような魚なのか興味をもっていたが、あの日から三十年近くの歳月を経て出会うことができた。近くに大型のスーパーが開店したので、買い物に出かけることが多い。「カスベ」などといった珍しい魚も店頭に並ぶ。そこでまぎれもなく「方頭魚」と書かれた魚を見つけたのだ。たしかに頭は角張っている。見た目はグロテスクだ。味はよいと店主は言うがまだ口にしていない。歌を理解するためにも、この冬には口にしてみようかとも思っている。

春の小川

住んでいる近くには、川がない。四十二年前に越してきた頃には、砂川堀という小川があったが、数年後には暗渠となってしまった。暗渠は八キロくらい続くが、町はずれで暗渠はなくなり再び小川に戻り、富士見市で新河岸川と合流する。相変わらず汚染されているが、それでも冬の季節になると水鳥が集まってくる。鴨はもちろんだが、白鷺や五位鷺などを見ることもできるので、散歩コースの一つとなっている。春になると、川岸には菜の花が一面を黄色に彩る。

子どもの頃から生家の近くの川を見て育ってきたので、川の流れを見ていると気持ちが癒される。故里の栃木市には、巴波川《うずまがわ》が流れている。蔵の町として近年は観光に力をいれていて、川には十万匹ともいわれる緋鯉や真鯉が悠々と泳いでいる。この川も一時は暗渠にする計画もあったが、暗渠にしていたら今日のような繁栄はなかっただろう。

高野公彦さんの『河骨川』という歌集には、

童謡の「春の小川」の河骨川暗渠《あんきょ》となりて都市の地下ゆく
歩みきてしやがむ童女に笑みにけむ河骨川のかうほねの花
闇を来し河骨川が渋谷地下出でて平成の春光《しゅんくわう》を浴ぶ
高野公彦『河骨川』

といった作品が収められている。「春の小川」の作詞者の高野辰之は、ひところ河骨川の近くに住んでいて、「春の小川」の詩を書いたことは知られている。
川の名前の謂れとなったのは、清流に河骨がたくさん咲いていたからだろう。かつては故里の小川にも河骨がたくさん咲いていた。

君がため浮沼《うきぬ》の池の菱とるとわがそめし袖ぬれにけるかも

と『万葉集』(巻七・一二四九　柿本人麻呂)に詠まれた菱も自生しており、夏には白色の花を咲かせていた。その実を食べたことなども思い出される。しかし、近年は河骨も菱も見ることはできない。川はかつてのように子どもの遊び場ではなくなってしまったのだ。

帽子

連れ合いの帽子好きは留まるところを知らない。その影響がついにわたしにも及んでしまった。買物にゆくと帽子売場に立ち寄る。連れ合いは自分のものを探すかと思いきや、熱心にわたしの帽子を探すのだ。たしかに帽子は冬の寒いときには温かいし、夏には日除けにもなる。欧米では紳士の嗜みとも言われている。日本での帽子は、烏帽子からきていて、かつては貴族の間では当り前のものとして用いられていた。日本では女性の帽子姿はよく見られるが、男性はまだ少ない。連れ合いの強い勧めで帽子を被り出してから、二十年くらいになるだろうか。最初は抵抗があったが、慣れてくるとこんな便利なものはないと思うようになってしまった。退職をするときに、記念にと仲間から帽子をいただいた。皮製の帽子で気に入っていたが、連れ合いの評判はあまりよくない。サングラスに、黒いその帽子を被った姿を見せてしまったのがいけなかったらしい。

木俣修先生も帽子が好きだった。ハンチングを被った写真が『木俣修歌集』（角川文庫）に収められている。作品からは瑞々しい世界に触れることができる。ちなみに、帽子で思い出すのは、寺山修司である。

行春《ゆくはる》をかなしみあへず若きらは黒き帽子を空に投げあぐ　木俣　修『みちのく』
墓買いに来し冬の町新しきわれの帽子を映す玻璃あり　寺山修司『血と麦』
列車にて遠く見ている向日葵は少年のふる帽子のごとし　同　『空には本』

いかにも寺山らしい作品である。「墓買いに」来たというフレーズから、これから一つの物語が始まる予感さえする。二首目の、向日葵を「少年のふる帽子」のようだとの比喩が効いている。歌意は明解であるがゆえに、ややもすると読み飛ばしてしまいかねない寺山の作品には、仕掛けがあることを忘れてはならないだろう。

かなしみの遠景に今も雪降るに鍔《つば》下げてゆくわが夏帽子　斎藤　史『ひたくれなゐ』

帽子の歌を探していたら、寺山とは異質な作品にも出会うことができた。

高齢化社会

いまや日本は高齢化社会。高齢化はこれから先もますます進むことは、間違いない。年金制度も破綻しかねない。定年延長や年金の支給年齢を先延ばししても、財政困難に陥ってしまった情況をいまさら回復するのは難しいだろう。退職するときに連れ合い同伴の一泊の説明会で、老後は子どもを当てにしてはならない。自分の身は自分で守れと強く言われたことを思い出している。今や現役の勤め人は、定年後の長い歳月を、いかにして過ごすかということが問われている。

このような情況でも、高齢者はいたってみな元気だ。歌の世界でも、九十代歌人の活躍が目立っている。

昨年の暮れに清水房雄氏から『残余小吟』という歌集をいただいた。清水氏は、大正四年生まれの九十七歳。老いてますます元気と言われる人はいるが、清水氏にも当てはまるだろう。歌集には、清水房雄『残余小吟』

眼鏡三つ掛けてはづして重宝す読書に食事に町行くときに
時の話題追ひかけ作る歌また歌津波の歌また原発の歌
九十七になるのか九十六なのかもうやむやにて今日誕生日
欠け奥歯抜かるる夢を見てゐたり目覚めし吾は総入歯にて
葬儀一切無用遺骸は粉に焼きて間近の海に投ずればよし

といった、身につまされるような歌が多い。一首目などは思いを同じくする人もいるだろう。二首目は、大震災のあった3・11以後にかぎらず、何か事が起こったら安易に詠もうとする歌詠みの姿勢を戒めているようだ。三首目、四首目の、人間を超越したような作品には哀感が漂い、笑うに笑えない。

清水氏の年齢にはまだまだのわたしだが、どの歌をみても作者の姿が想像できて共感するところがある。所謂、作り物ではない手触りが感じられるからであろう。ここに抽出した作品と同じような境遇と考えをもっている人は、多いだろう。これくらい分かりやすい歌なら、わたしも作れるのではないかと一瞬思うだろうが、そうはいかない。ここには長年の修練によって培われた表現力がある。日本の今日を考えながら、じっくり味わいたい歌集である。

富士山

日本人なら誰でも知っている山は、富士山だろう。冬の晴れた日には、わが家の近くからも雪に輝く頂が見える。富士山は登る山ではなくて、見る山と言われている。たしかに、遠く離れたところから見ても美しい。古人《いにしえびと》はこぞって富士山を詠んでいる。「田児の浦ゆうち出でて見れば真白にぞ不尽の高嶺に雪は降りける」（『万葉集』巻三・三一八　山部赤人）といった歌は、多くの人に親しまれている。富士山は高くて美しい山であるが、もともとは信仰の対象として崇められていた山でもある。

この日本一高い山にわたしが登ったと言っても、なかなか信用してくれない。登ったのは、一九八五（昭和60）年のことである。四十一歳のときであるから、まだ体力には自信があった。山頂でご来光を仰ぐには、一睡もしないで歩き続けなければならないからである。登るほどに寒くなり睡魔も襲ってくるが、何人かのパーティーなので個人プレーは許されない。必死になって登ったおかげで、ご来光を仰ぐことができた。その時の歌を『戴星』に収めた。

海抜三千五百メートルなる岩蔭に休みとる空の星を見上げて
雲海をおしのけて昭和六十年八月五日の太陽のぼる　外塚　喬『戴星』

近年において多く富士山を詠んでいるのは、玉城徹ではないだろうか。歌集『香貫』には、東京から沼津に転居後の香貫在住の作品が収められている。常に身近に富士山を仰いでいただけに、生き生きと富士山が捉えられている。

ゆたけくも捲く春の雲富士の嶺の白きを天につつまむとすも
不二の嶺にい行きむかへばひと沢の雪の流れぞ尾をくらく曲ぐ
雪深く村村いまだ埋もるるを裾べに不二の大いなるかも　玉城　徹『香貫』

富士山を詠うのは、勇気がいると聞かされたことがある。雄大であり、美しく、何を手がかりにすればよいか迷うからであろう。それだけにまた、詠う愉しみもあるのではないだろうか。

雉子

近くでよく雉子を見ると言っても、信用してくれない。所沢市は、人口三十五万人に迫ろうとしている街というイメージが強いためか、雉子が棲息している場所などは無いと思っているらしい。所沢市といってもわたしの住んでいる所から四、五分も歩けば、まだ雑木林が残っている。大鷹が棲息するという深い山林では、多くの種類の鳥を観察することもできる。

先日、久しぶりに家の近くで雉子の啼く声を聞いた。前に雉子の姿を見てから半年近く経ってのことで耳を疑ったが、確かに雉子の啼く声である。雉子の行動範囲は、聞くところによると余り広くはないというので、春先の暖かさにつられて、またやって来たのだろうと思った。畑の中の叢の生い茂ったところに、雄の雉子がいるではないか。早速、望遠レンズを駆使して姿を写すことに成功した。

ところで、雉子の啼く声を北原白秋は童謡「雨」のなかで、「けんけん小雉子が今啼いた」といっているが、わたしが啼き声を聞いたところでは、「けんけん」とはほど遠い声であった。

鶏が咽喉の奥から絞り出すにも似ている声であった。雉子に関する書物などでは、雄の雉子は「ケーンケーン」と鋭く啼くと書いてあるが、その声は一度も聞いたことがない。いつかはと思って、楽しみにしている。

足引きて山下《お》りくれば木の蔭に流れのありて雉の水のむ　都筑省吾『黒潮』
雉子彦は野原を行けり老いそめて野の雨すこし寒い雉子彦　高野公彦『水行』
庭先に雉の尾羽根を拾ひたりいつまでもわれは時間のしもべ　前登志夫『落人の家』

雉子の繁殖期は三月頃に始まり七月ごろまで続くが、その期間中は雌を呼んで盛んに啼くという。姿を見せるのもこの頃が多くなる。住んでいる近くにはまだ野原は残っているが、砂川堀（農業用水）は暗渠となってしまい、雉子が水を飲むようなところは見当たらない。雉鳩の羽は拾ったことはあるが、美しい雉子の尾羽根を拾ったこともない。抽出した歌の背景に出会うことが、これからあるかも知れない。散歩の楽しみが増えたことは確かである。それにしても、雉子の声は「ケーンケーン」とはどうしても思えない。出会ったら、耳を澄まして聞いてみることにしよう。

亀

永田和宏歌集『夏・二〇一〇』に亀を詠んだ作品が収められている。この歌集のあとがきに永田さんは「二〇一〇年の夏は、私には生涯決して忘れることのできない夏になってしまった。妻の河野裕子が亡くなったのは、八月十二日。」と記している。

笑ひ出した方が負けだと石の上に陽を浴む亀が百年眠る
石の上に観天望気をする亀もわれも取り残されていく方の組
永田和宏『夏・二〇一〇』

自身と亀との姿を映しだしているようだが、ここにはこの世に残されていくであろうことを予期させるさびしさが強く感じられる。単なる亀の歌とは思えない。永田さんは、とにかく亀が好きなようだ。短歌大会などで永田さんの選をした作品を見ると、たしかに亀を詠んだ作品が採られている。永田さんが選をするときには、投稿するなら亀の歌を詠んだらよいとアドバイスをしたいくらいだ。ただし、作品の出来がよいということも、忘れてはならない。

先日散歩をしていたら、公園の池で釣りをしている人たちに出会った。公共の場なので釣りは禁止されているのかと思いきや、「魚を釣ること禁ず」の立て看板などは見当たらない。平日なのに五、六人の老人が熱心に釣り糸を垂れている姿は、いかにも暇を持て余しているという感じがしてならなかった。もしかしたら、口うるさい家族から離れて一人の時間を楽しんでいるのかも知れない。どんよりと濁っている池なのでとても魚などはいないと思うが、息一つすることなく浮子を見つめている。その真剣さに、釣果はどうですかと声をかけることができなかった。この人たちは、釣果を楽しみにしているのではなさそうだ。定年までを忙しく仕事をしてきて、今は自分の時間を誰にも邪魔されずに過ごすことに生き甲斐を感じているのだろう。釣り人同士の話に耳を傾けると、魚は釣れなくて亀が一匹釣れたことが分かった。こんなところに亀がと思ったが、多分、家で飼っていたが手に負えなくなって離したものではないだろうか。亀の話を聞いて、ふと永田さんのことを思った次第である。

亀はみなむこう向きなり老いるのもいいものだぜとうつらうつら　永田和宏『後の日々』

似て非なるもの

「似て非なるもの」の出典は、孟子の「孔子曰く、似て非なる者を悪《にく》む」からきている。意味は「見かけはよく似ているが、実はまったく違うもののこと。また、いかにも道理にかなっているかのように思われて、実は正しくないもの」という。最初の意味の「見かけは似ているが違うもの」ということを、拡大解釈して今は使われていることが多い。

例えば、あやめと菖蒲《しょうぶ》、皐月と躑躅《つつじ》などは「似て非なるもの」の最たるものではないだろうか。言葉の使い方は間違っているかも知れないが、似ていて区別がつきにくいことは確かにある。専門家ならあやめと菖蒲の区別などは即座につくのだろうが、素人目にはわからない。『広辞苑』で「あやめ」を引くと「菖蒲」が出てくる。それでは「菖蒲《しょうぶ》」と引くと同じく「菖蒲」が出てくる。しかも、「あやめ」はアヤメ科で「菖蒲」はサトイモ科であることが、はっきりと明記されている。しかし、わたしにはどちらなのかは未だにはっきりしない。

歌によく詠まれているが、区別がつかないで詠んでいることはないだろうか。そう思ってあ

やめと菖蒲の歌を探してみると、
ひと気なき午村《ひる》はずれのかなしみはあやめ花咲く沼のかがよい　加藤克巳『万象ゆれて』
目薬のつめたき雫したたれば心に開く菖蒲《あやめ》むらさき　岡部桂一郎『一点鐘』
といった作品を見つけることができた。加藤克巳は悲しみをあやめが咲いていて、きらきら輝いている沼であると詠んでいる。ここでのあやめは、単なるあやめというよりも悲しみを少しでも癒す力になっているように思われてならない。岡部桂一郎の歌は、詩的である。目薬を点すということによって、菖蒲が「心に開く」のである。実際には有り得ないことでも、有り得たかのように詠むことによって、優れた作品になっている。
六月の頃には、故里の緑一面の川べりに黄色い花が咲き出す。わたしがかつてあやめと思っていたのは、果たしてあやめだったのだろうか。それとも菖蒲だったのだろうか。あやめと今でも思っているが、なんとなく不安になってきた。故里を離れて半世紀にもなるが、いまでも六月の頃には鮮やかな黄色い花が咲いているだろうか。

方向音痴

近頃の車には必ずカーナビが付いている。以前ならばどこかに出かけようとすれば事前に地図を広げて、コースの選択に迷ったものである。カーナビならば、目的地を指定すれば最短のルートはもちろん、有料道路を利用した場合の料金までも正確に知ることができる。道路だけではない。沿線の娯楽施設やコンビニ、ガソリンスタンドや観光名所なども探すことができる。

しかし、わたしの車のように掲載されているソフトが古くなると、新しく開通した道路が出てこない場合がある。実際は道があっても、カーナビの画面には道がない。原っぱの中を走っているような気分になることがある。不便なので新しいソフトに替えようとお店に相談したが、今のわたしの車に装備されているカーナビのソフトは無いと言う。3・11大震災の後に被災地の道路事情が一変したために、手直しができないらしい。仕方がないので古いカーナビを使っている。馬場あき子歌集『鶴かへらず』に、

地図どほりに街は展開してをらず小さなハンコ屋の角などはなし
この道はすこし見知れる道ながら角曲れども郵便局なし
方向音痴に共通性ありわからない道も決して人には聞かず
迷ふことすこし楽しみわれとわが勘と対話すとんちんかんなり
馬場あき子『鶴かへらず』

馬場さんは迷うことを楽しみにしているが、勘も頼りにしているようだ。かなりの方向音痴なのかも知れない。方向音痴の人は道を聞かないというのも、当たっている。車のカーナビが古いために、画面に映らない道を走る時には、勘に頼って目的地をつきとめることがある。それでも道を間違えてしまうことがある。同乗しているのが連れ合いの場合は、間違えたとは絶対に言わない。知らぬふりをして走り続ける。ときには、同じ道を二度も走る時があるが、運転をしない同乗者は気がつかないらしい。今では車載のカーナビではなくて、持ち歩くことのできるナビも売り出されているし、スマホなどでも道案内をしてくれる。いかに方向音痴といえども、ナビの力を借りれば目的地に行くことができる。以前は頻繁に利用した分厚い道路地図は、今では埃をかぶった無用の長物になってしまっている。

挽歌

今年は木俣修先生が亡くなられて、三十年になる。四月四日には、豪徳寺に墓参することを心に決めている。そのたびに、今年の桜の開花はどうだろうかと楽しみにしている。満開の時もあれば、花どきを過ぎてしまっているときもある。なかなか見頃に会うことができない。それでも豪徳寺の土をふむというだけで、先生に会えたような気になる。
先生が亡くなられたときに、多くの人が挽歌を詠んでいる。挽歌は、心からの悼みの気持ちの表れでもある。手元の秋山佐和子歌集『半夏生』を繙くと、挽歌が多く収められている。

終刊号「かりうど」を読むみづからの余命を知りて君が編みたり　秋山佐和子『半夏生』
つきみ野の空に広ごる冬の雲いくたび見しか悔しかりけむ
ぼうたんの花の笑まひにひそみゐる修羅を歌ひしつきみ野の人

三首は、青井史さんを悼んでの歌である。青井さんは、二〇〇六（平成18）年十二月二十日に亡くなっている。亡くなったのを知らせてくれたのは、加藤英彦さんだった。亡くなった日にわたしは会員の出版記念会のために福岡県の二日市温泉にいたが、二十二日の告別式には駆けつけることができた。当日は曇り日で寒かったことを記憶している。告別式の後に、尾崎左永子、及川隆彦、沢口芙美、秋山佐和子、古谷智子、牛山ゆう子、渡英子氏らと駅前の喫茶店で青井さんの思い出などを話して時間を過ごした。

病に侵されていた青井さんは「かりうど」を自らの手によって終刊している。終刊号に青井さんは、「この号で『かりうど』を終刊することにした。直接の理由は私の体調不良によるが、主だった会員で続けていく方法もある。ただ私は心情的には賛成できないでいる。たとえばひとりの人間の持っているどんなささやかな才能や個性でさえ継いでいくことはむずかしい。習練によって継いでいけるものもあるが、これは芸道であろう。少なくとも文学とは少し違っているように思われる。（後略）」。

結社は創刊するのは勢いでできるが、幕引きは難しい。結社の有り方を、青井さんは示してくれている。潔いまでの最後であった。

カンピンタン

旅先では、できるだけその土地の珍しいものを食べることにしている。高知県の四万十市に行ったときには、鱓《うつぼ》の刺身を口にした。地元では普通に食べていると言っても、初めて口にするときは勇気がいる。しかし、口にすると、なかなかの美味で癖になる。柳川に行ったときには、磯巾着の煮ものを食べたが、これも絶品であった。靴底も食べるかと言われたが、何が出てくるのかと思いきや、舌平目であった。靴底とは、牛舌魚《うしのした》の別称であるが、当地では舌平目は靴底で通っているらしい。

師の木俣修は、大変な美食家であった。食が高じて『食味往来』なるエッセイ集がある。修の故里は彦根である。彦根と言えば、琵琶湖の似五郎鮒《にごろぶな》を使った鮒鮨がある。今では高級品であるが、初めて口にした人は、臭いと辛さに閉口するにちがいない。しかし、通になるとたまらなく美味なのだ。わたしも先生に似て、鮒鮨には目がない。

奥村晃作歌集『青草』に、次のような歌がある。

尾鷲より送り賜びたるカンピンタン焼いた頭をバリバリ食べる
新鮮な干したサンマのカンピンタンほろ苦く甘い内臓がうまい
奥村晃作『青草』

カンピンタンとは何のことだろうかと思って、手元の『広辞苑』と百科事典の「ブリタニカ」を引いてみたが、見当たらない。カンピンタンの材料は、歌から秋刀魚ということはわかる。「ほろ苦く甘い」と言うのだから、美味に違いない。「尾鷲より」とあるので、キーワードは尾鷲である。『日本国語大辞典』（小学館）を調べてみると、「かんぴんたん」は「寒貧短」として出ている。三重県南牟婁郡や、奈良県宇陀郡の方言とある。全くお金がないことを意味する、素寒貧《すかんぴん》と同じである。お金が無くて十分に食事をとることもできない、痩せたもの、痩せっぽちから、乾燥した物を言うらしい。ネットでも調べてみると、いろいろと書き込みがある。干からびた蛙の死骸をみて「蛙のカンピンタン」と言ったとの記述もある。いずれにしても、カンピンタンは三重県地方では干物であることには違いない。

奥村さんが食したのはカンピンタンには違いないが、秋刀魚の干物なのだ。秋刀魚の干物と言うよりは、カンピンタンの方が食指がうごく。食欲の秋である。珍しい味が恋しくなる。

無形文化遺産

今年の夏は、富士山に登山する人が増えたとも聞いている。富士山が、ユネスコの世界遺産委員会によって世界文化遺産として登録されたことにもよるだろう。これまでも世界遺産などといって箔が付くと、興味のない人までもが押し寄せる傾向があったが、これは日本人だけの問題ではなさそうだ。富士山に続けと、新たに登録に狙いを定めた活動も各地で起きている。

最近のニュースで、和食が無形文化遺産に登録されるのではないかということを知った。事前審査を行うユネスコの補助機関が、登録にふさわしいとの勧告をしている。勧告は覆されたことがないので、おそらくは和食の登録も決まるだろう。今後の話題のひとつになることは、間違いない。無形文化遺産には、日本ではすでに能楽や歌舞伎などをふくめて二十一件が登録されているとのことである。和食と同時に、韓国のキムチも登録が確実視されている。食通には、味も一味違うのではないだろうか。

外食の時に、和食か洋食かで連れ合いと意見が分かれることがある。わたしはあまりこだわらないが、連れ合いは和食を強く希望する。和食も洋食も有りますというところは、味も今ひとつという感じがしてならない。しかし、和食の専門店となると高価になるのであまり近寄ることをしない。

ねぎま汁吹き吹き食へば涙出づ職を得し子もさかんにくらふ　長谷川銀作『夜の庭』
一合の酒をはさみてただ一度父とふたりのどぜう丸鍋　小高　賢『本所両国』
茶碗蒸しに銀杏ひとつづつ載りて無為に過ぎゆくそれぞれの秋　小泉史昭『ミラクル・ボイス』

和食の歌よりも洋食の歌が多いようだ。時代の趨勢として仕方がないのかも知れない。長谷川銀作の歌に出てくる「ねぎま汁」の「ねぎま」とは、「葱と鮪」のことである。冬の寒い日に、熱熱の鍋を囲んで食するのは最高だろう。小高の歌は、泥鰌鍋である。父と飲む機会は意外に少ないものだが、泥鰌鍋の思い出は、記憶に何時までも留まることであろう。小泉の歌は、茶碗蒸し。手の込んだ茶碗蒸しの味は格別である。
素材を生かし、創意と工夫を重ねた和食は、洋食にはない魅力がある。できたら会席料理ではなくて、懐石料理をこの冬は頂きたいものだ。

豆腐

寒い時期には、鍋料理がよい。なかでも湯豆腐や鱈ちりがよい。体が温まるし、栄養価も高い。豆腐と野菜などを入れての鍋料理が好まれるようだが、豆腐を味わうのには、やはり冷奴だろう。
豆腐の好きな歌人で思い出すのは、片山貞美さん。とにかく豆腐が好きなのだ。だいぶ前のことになるが、終電車がなくなって、片山さんのお宅に泊まることになった時のことである。酒も入っているので早く休みたいと思っているのだが、家には直行しない。寄り道をするのである。家の近くのコンビニで豆腐を買って帰るのだ。泊まることさえ気が引けるのに、帰ってから豆腐で一杯やろうという算段なのである。さすがに奥方の機嫌がよい筈はない。

手のひらに豆腐をのせていそいそといつもの角を曲りて帰る　山崎方代『右左口』
冷奴ひとりにひとつわたるころ死者のはなしが生者にうつる　外塚　喬『漏告』

片山さんの影響を受けたわけではないが、わたしも豆腐が大好きである。勤めている時には気がつかなかったが、退職してくまなく街中を散歩している時に、手作りの豆腐屋を見つけることができた。夫婦で営んでいる小さな店だが、繁盛しているようにも見える。わたしの好きな特大のがんもどきは、ここで売っている。

がんもどき煮るのがうまい外塚喬六つ切りにして小なべに入れる　宮本永子『青つばき』

がんもどきは、わたしが味見をしながらじっくりと煮る。煮てすぐの熱々のときも美味しいが、一晩おいたくらいの方が味が染みこんで、さらに美味しくなる。ここの店の豆腐も絶品である。スーパーで売っている豆腐とは比べものにならないくらい、味がよい。顔なじみになってからは、愛想がよい。奥さんが店番をしている時に買いに行くと、ときどき家に帰って袋を開けてみると、油揚げが一枚多く入っているときがある。黙っておまけをしてくれるのだ。おまけだよ、などと言わないところが憎い。
大量生産されるパック詰めの豆腐ばかりの世の中になってしまうのは、目に見えている。小さな贅沢は、いつまでできるだろうか。

年譜

歌集『瑞穂』を刊行するときに、年譜を付けることにした。年譜などは亡くなってから誰かが作ってくれればよいと思っていたが、出版社の企画でもあったので、仕方なくという気持ちも多少はあった。いざ作るとなるとなかなか進まない。古い手帳を取り出しての悪戦苦闘の結果が、『瑞穂』の巻末には載っている。年譜などは大家の作るものと思っている。わたしなどには取り立てて記しておかなければならないことは少ないが、大家と言われている人の年譜は、それなりの仕事をしている。年譜を見るときに、どうしても自身の生まれた年や、今の年齢のところに興味をいだく。たいがいはわたしの何倍もの仕事をしていることが多く、唖然としてしまう。
わたしの年齢は、いま六十九歳。木俣修の昭和五十（一九七五）年六十九歳のときの年譜を見ると、主だったものだけでも、
一月、「短歌」に「昭和史とともに」の連載開始。五月、随筆集『煙、このはかなきもの』

（三月書房）刊行、六月、北欧を中心としたヨーロッパ旅行に立つ。十一月、改訂版『木俣修歌集』（角川文庫）、『古事記』（『こども図書館古典シリーズ』玉川大学で版部）刊行。

とある。修がいかに仕事人間であったかが分かる。年譜など歌にはならないと思っていたが、

わが年譜事をつらねぬ記さざる心の境はなほもさびしき　窪田章一郎『定型の土俵』
山縣有朋と懇《ねんご》ろになりし鷗外を年譜によりてひと嫌悪せり　竹内邦雄『幻としてわが冬の旅』
一生《ひとよ》とは長さにあらず質なりと鑑真和上の年譜見てをり　鶴岡美代子『緑風抱卵』

と詠まれている。窪田作品には、自身が年譜を作ったときの感慨が、率直に述べられている。記すのも辛いが、記さざることは尚更辛いといったところだろう。「心の境」に微妙な心の動きが感じられる。竹内作品は、人は思いもよらない人と懇ろになるという事実を知ったときの、複雑な気持ちが詠まれている。鶴岡作品は、鑑真和上の年譜をヒントにしている。人の一生は、「長さにあらず質なり」とは的を射ている。言葉では言えても、実践するとなると難しい。ひねくれ者のわたしなどは、「長生きも芸のうち」と開き直るしかないだろう。

故里の歌

母の故里は、歌枕で良く知られている「室の八島」の近くである。「室の八島」は松尾芭蕉の『奥の細道』にも登場する。最近、土屋文明の『続々青南集』を読んでいたら、この近辺を詠んでいる歌を見つけた。歌は、「下野国壬生」一連の中の、

慈覚大師御開扉過《じかくだいしごかいひ》ぎし壬生寺《みぶでら》に灰冷えびえと大火鉢二つ
雨の道を曲げて友等を我はひそかに室《むろ》の八島《やしま》を心思ひて
刺身にもなるとこんにやく買ひくれぬ下野《しもつけ》は楽し我が隣り国
土屋文明『続々青南集』

という歌である。一首目に詠われている壬生町は、人口四万ほどの町である。特産の干瓢はよく知られている。瓢箪の果実を加工した瓢《ふくべ》は、郷土の民芸品としても売られている。壬生には何度も行っているが、文明の詠んでいる壬生寺には行ったことがない。二首目は、栃木市総社町にある大神《おおみわ》神社の室の八島を思っての歌である。神社は、この地方随一の古い神社と言わ

れている。「室」は「群れ」の当て字らしい。昔は広大な湿地に島が群れ寄っていたので、その名が付いたとも言われている。三首目は、文明に土産として蒟蒻を買ってくれた人がいたのだろう。栃木県と群馬県は隣同士。古くは、上毛野《かみつけの》と下毛野《しもつけの》とも呼ばれていた。蒟蒻の名産地は、言わずと知れた群馬県の下仁田である。文明は群馬県の生まれであるから、蒟蒻には親しみを抱いたに違いない。

蒟蒻で思い出すことがある。滋賀県の永源寺に行った時のことである。土産物店には、煉瓦色をした蒟蒻が売られていた。いままでに見たこともない蒟蒻に驚いて店主に訊ねると、味は普通の蒟蒻と少しも変わらないという。しかし、色が何とも好きになれない。永源寺蒟蒻といって、鉄分が多く含まれているらしい。地元では、赤蒟蒻と言う。確かに味は変わらないが、その後は二度と口にはしていない。

みちのくへの道中に「室の八島」を訪れた芭蕉は、「糸遊に結びつきたる煙哉」(『奥の細道』)という句を残しているが、その句碑が建っている。「糸遊」は陽炎のことである。俳句では春の季語としてよく使われている。加藤楸邨にも、「絲遊の中に海見ゆ丹後みち」(『望岳』)という句がある。

郷土料理

旅の楽しみの一つに、その土地ならではの郷土料理を味わうことがある。今では全国各地の郷土料理をその土地でなくても味わえるが、やはり地元で味わうことによって、旅情もいっそう深まるというものだろう。郷土料理といえば、秋田の「きりたんぽ」や北海道の「ちゃんちゃん焼き」などをすぐに思い浮かべる。そのどちらをも、今は居ながらにして味わうことができる。郷土料理の店では勿論のことではあるが、「きりたんぽ」などは、季節になるとスーパーマーケットなどでも販売されている。

栃木県の郷土料理でなかなか味わうことができないのが、わたしの故里の「しもつかれ」である。土地によっては「しみつかれ」「しみつかり」などとも呼んでいる。「しもつかれ」は、下野の国が語源かと思うが、はっきりしない。また、「しみつかれ」は「凍みる」からとも思うが、これもはっきりしない。『宇治拾遺物語』や『古事記』などの説話にも記述されている「酢むつかり」が有力視されているが、これとてもはっきりはしない。この呼び名の異なるところなどは、いかにも郷土料理という感じがする。農林水産省主催選定での農山漁村の郷土料理百選にも選ばれているという。「しもつかれ」を作る材料は、塩鮭の頭、大豆、油揚げ、竹輪、大根、人参の他に野菜の余りものを入れてもよい。大根や人参は刻むのではなくて、鬼おろしで粗くすりおろすのがこつでもある。それを酒粕とともに煮込んで完成である。各家庭での余りものの野菜などが加えられるので、味はそれぞれに違いがある。
ここ数年酒粕を頂いているのでわが家でもたびたび作るが、鬼おろしなどは備えてないので、むかし食べた味とは異なる。しかし、味は今風でとても美味である。先日は、今は都会で生活しているが、同郷の友人から「しもつかれ」を送って頂いた。食すると、懐かしい味がして、これぞ故里の味だと思った。懐かしい味を今でも守って作っているという。

鮒鮨《ふなずし》をこよなく愛《め》でし亡き兄をいひて祀《まつ》るかひととせののち　木俣　修『昏々明々以後』
久にして味はひ得たる鱧鮨《はもずし》に左京の古書肆めぐり訪ひし夢　佐佐木信綱『老松』

郷土料理を詠んだ作品は少ない。わたしも故里を懐かしんでいるわりには、「しもつかれ」を、まだ一度も詠んでいない。

夜鳴蕎麦

夜遅くなった町に、うす暗い提灯を下げて屋台が出ているのを今でも思い出すことがある。冬の寒い夜などは、呑んだ後の夜鳴蕎麦くらい美味しいものはなかった。蕎麦と言っても、売っているのはラーメンである。今の若い人たちは、夜鳴蕎麦と言っても想像できないかも知れない。駅の立ち食い蕎麦なら知っていても、夜鳴蕎麦となると時代劇などの映像で見るくらいではないだろうか。

わたしも十八歳までは、夜鳴蕎麦などは知らなかった。初めて知ったのは、上京してからである。最初の勤務地が中央区の人形町駅近くであった。夜になると和服姿の女性の姿をしばしば見かけることのあった町である。一九六三（昭和38）年当時の日本橋の芳町《よしちょう》というところは、花柳界でもよく知られていたらしい。今では、その芳町のあたりは日本橋人形町と地名が変わっているが、近くには水天宮や明治座もあり、なんとなく江戸の名残を感じさせる町でもあった。その職場には夜勤があった。夕食は摂るものの、深夜になると空腹を感じてしまう。

そんな時に待っていたかのように、人通りの途絶えた路地から夜鳴蕎麦のチャルメラが鳴るのである。職場を放棄して外に食べに行くことはできないので考えたのが、宿直室の丼を籠に入れて窓から差し出すのである。この方法は、先輩から引き継がれていたものである。心得たもので、屋台の親父さんは素早くラーメンを作ると、ふたたび籠に入れてくれるのである。深夜勤務での空腹を満たしてくれたこの時に食べたラーメンの味は、今でも忘れることができない。

どんぶりを抱へてだれにも見られずに立蕎麦を食う時が好きなり　岩田　正『郷心譜』
どうにでもなれと屋台のラーメンの湯気よ　涙がでるではないか　吉岡生夫『草食獣』
屋台夜の火を曳きゆけり翳りつつ溢れつつゆくやさしき焔　小野茂樹『羊雲離散』

一首目は、立ち食い蕎麦を詠んだものだろう。カウンターに並んで食べる時には、両隣が気になるものだ。「だれにも見られずに」に本音が出ている。二首目は、何ごとかの後のラーメンなのだろう。決して愉しいひと時ではないらしい。「涙がでるではないか」のつぶやきもよい。三首目は、屋台を詠んでいる。「火を曳きゆけり」に作者の慧眼を感じる。「つつ」の使い方は意識したものだろうが、効果的である。

えんぴつ

新潟県魚沼市にある宮柊二記念館を、何度か季節をかえて訪れている。春には残雪の八海山を望むこともできる。水量の豊かな、魚野川を見下ろすこともできる。夏には近くの温泉宿で蛍を見ることもできる。

わたしが最初に記念館を訪れたのは、二〇〇六（平成18）年の二月十一日。第十二回宮柊二記念館全国短歌大会の選者としてであった。同じ白秋系というだけではなくて、わたしには高校生の時に宮柊二選の短歌欄に投稿をしていた思い出もある。記念館を案内して頂いて、特別展示はもちろんだが、館内にある柊二の遺品を展示したコーナーに足を入れたとたんに、息が詰まるような感じがしてならなかった。柊二の使用していた鉛筆が、箱にぎっしりと詰められて展示されているのを見て釘付けになったのである。その数は、優に三百から四百本ほどになるかと思われる。そのどれもが十センチそこそこまで使われたものであることに驚く。柊二は書き易いように、鉛筆は2Bを用いていたようだが、晩年は3Bを使っていたとのことである。

物書きの命とも言える筆記用具である鉛筆を、大切にしていたのである。
柊二の鉛筆を見ているうちに、馬場あき子さんも鉛筆を使っていることを思い出した。だいぶ前のことになるが、馬場あき子さんを祝う会の折に「かりん」の会員が鉛筆（多分二ダースだったと思う）を送ったのである。今では鉛筆を使う人が少なくなってきているが、こだわる人は歌人には多いのかも知れない。ちなみにわたしも鉛筆を使っている。普段はシャープペンシルだが、芯にこだわる。０・９ミリの太さの２Ｂと決めている。家では４Ｂと６Ｂの鉛筆を使い分けている。文字を書く時には４Ｂ、歌集を読む時に、印を付けるのは６Ｂである。

えんぴつを削りて夜の底《そこひ》より立ち上がる淋しき霧を見んため　馬場あき子『南島』
３Ｂの鉛筆は体力をもてるごと色濃くあたらしき手帖に見つむ　河野愛子『夜は流れる』
落ちたるを拾はむとして鉛筆は人間のやうな感じがしたり　花山多佳子『春疾風』

仕事に行き詰まったときに鉛筆を削っていると、妙に落ち着く時がある。木の香りは、シャープペンシルでは絶対に味わえない。今夜も先の尖った鉛筆を前に、仕事を再開するとしよう。

泳ぐ、歩く

二〇〇一（平成13）年に五十六歳で離職してからは、毎日、スイミングスクールに通っている。スクールといっても泳ぎを教わっているわけではない。勝手に泳いだり歩いたりしているだけである。そのおかげで、勤めていた時にかえりみなかった身体も、今ではだいぶ回復している。離職する前には、三大成人病で年金支給開始年齢まで生きられるかどうかなどと言われていたが、無事に年金生活に入ることもできた。
泳ぐことは子どもの頃から得意だったので、水に入ることは少しも苦にならない。最初のうちは泳いでいたが、歩いている方が運動量が多いと気がついた。今は、午前中の一時間半をプールの中で過ごしている。歌人も泳ぎを得意としている人が何人かいるが、その一人は古谷智子さんだろう。古谷さんには、次のような歌がある。

鞣されて艶もつ体泳ぎたるあとの火照りを曳きつつ歩む　　古谷智子『ガリバーの庭』

ものは皆見えわたりかつ隔たりてつねにひとりと思ふ水中
同　『神の痛みの神学のオブリガート』

わたしもプールでの歌を何首か詠んでいる。「全身の力をぬけば重力にまさる浮力が生まれてぞ　浮く」（外塚喬『火酒』）。午前中のプールの後は、午後の徒行である。毎日、二時間程を歩いている。とくに目的があるわけではない。勤めていた頃には知らなかった近隣を、気ままに歩いているだけである。目的が無いので、時間に縛られることもない。足のおもむくままに、街中や畑の中の細い道を歩いている。珍しい花にでも出会えれば、儲けものである。

早馬のぬけたるあとの土ぼこり思はせて街道に春疾風ふく
馬頭観音ここだのこれる入間野の土となるべき心きまらず
外塚　喬『草隠れ』

鎌倉街道が近くには残っている。舗装もされないで、雑草も生い茂っている。そんな道を歩くのが好きなのである。泳いだり歩いたりしているので、健康に良いと言われるが、命の保証はない。死は突然にやってくる。小高賢氏の死から、まだ立ち直れないでいる。

呼び名さまざま

わたしの生まれた町に、太平山という山がある。陸の松島と言われていて、山頂から眺めると小さな丘陵が浮かんでいるように見える。こんなところから、その名がついたようである。標高三四三mの低い山であるが、関東地方ではよく知られている山である。春には頂上までの遊覧道路の両側に、桜が咲く。秋の紅葉も美しい。四季を通して楽しめる山である。

山頂の太平山神社の本社は、天長四（八二七）年に慈覚大師円仁が登攀した時に霊夢によって創建したと言われている。歴史的に見ても、元治元（一八六四）年の天狗党の乱で水戸藩の尊攘派、藤田小四郎らが立て籠もったことでも知られている。

話は逸れてしまったが、この山は太平山《おおひらさん》なのか、それとも太平山《おおひらやま》なのかとよく聞かれることがある。地元の人でも、間違って応えることがあるくらいだ。富士山を「フジヤマ」と言う人はまずはいないだろう。「フジサン」と誰もが間違いなく呼んでいるが、太平山は「さん」なのか「やま」なのか。答えを先に言うと「さん」である。しかし、わたしの記憶からは、「やま」が離れないのである。これには理由がある。わたしの通った中学校の校歌の歌詞が「おおひらやま」なのである。
歌詞を紹介すると、「朝雲晴れて昇る日に／太平山に色映ゆる」である。楽譜が付いていて、間違いなく「あさぐもはれて、のぼるひに、おおひらやまに、いろはゆる」となっている。多分、作詞者は歌う時の「おおひらさん」という響きを考えて「おおひらやま」としたのかも知れない。中学生の時には何の疑問ももたずに歌っていたが、今頃になって気になって仕方がない。

おごそかに立つ冬富士に一礼し高畑山《たかはたやま》をわが去らんとす　来嶋靖生『島』
一夜明け空のま青に晴れわたり仰げばまぶし雪の五頭山《ごずさん》　同『峠』
春ゆふべかなたに束稲山《たばしねやま》けぶり裾べゆるらに北上川流る　同『拳』

来嶋さんの歌集には、山の歌が数多く見られる。高畑山は読めるだろうが、五頭山は難しい。束稲山はなおさら読むのが難しい。読者のためには、仮名が振られているのは有り難い。固有名詞は変えられないが、歌に詠むときにはリズムの関係で、「やま」としたい時も「さん」としたい時もある。

鍵

使わなくなった古い鍵を手にすると、さまざまなことが思い出される。その鍵が、いつどこで使われたかは問題ではない。たいていは輝きを失って薄く錆などが浮いている。しばらくはなぜか、感傷的になる。鍵には、人それぞれの思い出があるだろう。楽しい思い出ばかりではない。二度と思い出したくないような人もいるかも知れない。一つの鍵に、さまざまな人生が集約されていると言ってもよい。わたしの机の抽斗には、記憶にない鍵が幾つかある。鍵を集める趣味などはないので、どこかで一度は使っていた鍵を、しまい忘れていたものである。もはや必要のない鍵なので、捨ててもよいのだろうが、鍵はなかなか捨てられない。もしかしたら、一つ一つの鍵には語り尽くせないほどの思い出があるのではないだろうかなどと、思ってしまうからである。

初めて家の鍵を持ったのは、上京してからである。上京するまでは、鍵を必要としない生活をしていた。家に帰れば母がいたし、田舎の家は鍵を掛ける習慣などなかったように思われる。

近所の人も用事があれば、自由に玄関に入れたのだ。空き巣などはまったくない、のんびりした時代であった。初めて鍵を持ったのは、上京して叔父の家に住むようになってからである。日常はあまり必要としなかったが、飲んで深夜に帰宅した時などに、必要ということで持たされたのである。確かに、深夜に帰って静かに鍵穴に鍵を差し込むことが何度かあった。この時の秘密の扉を開けるような気持ちは、今でも忘れることができない。

持ち歩く鍵の一束どの鍵も生くるわが身のにほひをまとふ　木俣　修『雪前雪後』
姉妹にて分ち持つ鍵緋の房をつけし一つは妹が持つ　大西民子『花溢れゐき』

一首目は、鍵にはその人の匂いが染みついているという。使い道の異なる鍵は、生活の場面の一齣一齣に作者の人生が存在することを証明している。二首目は、合鍵を詠んでいる。鍵の一つは作者が持ち、もう一つの緋の房の付いた鍵は妹が持つ。ただそれだけのことだが、ここにはドラマ性が感じられる。
わたしも鍵の束を持ち歩いているが、困ったことが一つある。空港で金属探知機に必ずストップをかけられるのである。金属探知機は、纏まった鍵を凶器とでも判断するのだろうか。

高所恐怖症

飛行機は怖いという気持ちは変わらない。事故の確率は、他の乗り物に比べればはるかに低いのは解っている。しかし、どうしても好きになれない。これには理由がある。古い話になるが、なかなかその記憶を忘れることができない。それは、仕事で福岡に向かった日のことである。羽田空港を定刻に飛び立った飛行機が、静岡上空で羽田に引き返したのである。ベルト着用のサインも消えてほっと一息ついたところでのことなので、何事かと思ったのである。まさかという不安がよぎったことは言うまでもない。

飛行機は、機体のぐあいが悪いとの理由しか説明されないので不安はさらに強まるが、とにかく羽田に引き返すことができた。もう一度、点検と整備をして飛び立つとのことなので、乗客はすべて降ろされた。待つこと一時間。それにしても飛び立つ気配はない。結局のところ、待たされた挙句、別の飛行機に乗ることになった。当然のことながら、博多での仕事には間に合わなかった。それ以来、飛行機はよほどのことが無い限り乗らないことにしている。決して高所恐怖症などではない。

高所恐怖症の人はすべて飛行機が嫌いかと思ったら、そうではないらしい。木俣修先生は高所恐怖症と聞いていたので、夫人に尋ねたところ、夫は飛行機が大好きとの意外な答えが返ってきた。先生が嫌いなのは、地上と繋がっている高い所とのことである。そうなると、梯子などは嫌いなのだろう。もっとも、あの大きな体の先生が梯子を上る姿などは想像もつかない。

空とぶものを飛行機と呼び幼な子は戦ひを知らずにくしみを知らず
ひけどきの日比谷の空に気付く者たれも無くゐがかれてゆく飛行機雲
吉野昌夫『遠き人近き人』

一首目は、幼子にとっての飛行機は憧れに違いないが、昌夫には戦争につながる何物でもないのだ。「戦ひを知らずにくしみを知らず」には、過去を引きずっている姿が想像できる。二首目も叙景歌のようでありながら、「気付く者たれも無く」に作者の思いが込められている。

八月末に、羽田と博多を久しぶりに飛行機で往復した。時間を考えてのことであったが、恐怖心の無い新幹線の方がわたしには落ち着くようだ。

平均寿命

この五月に、七十歳の誕生日を迎えた。思ってもいなかったが、古稀ですね、おめでとうございます、と言われて驚いている。古稀と言われても、特別な感慨があったわけではない。古稀は、『唐詩選』の杜甫の曲江詩の「人生七十古来稀」に由来する。年祝いの一つで、長寿を祝う儀礼とも言われている。そのことを考えれば、確かに七十歳のわたしはおめでとうと言われても何の不足もないのだろう。

今は、人生七掛けとか八掛けとか言われている時代だ。体力も気力も以前に比べて落ちてはいるが、まだまだ若い人には負けないという思いも強い。しかしながら、若者から見れば年寄りの冷や水と見られていることもあるかと思ったりすることもないわけではない。

最近、日本人の二〇一三年の平均寿命が厚生労働省から発表された。男性の寿命が、80・21歳。女性が、86・61歳である。男性の平均寿命がはじめて八十歳を越えたのである。いずれも過去最高を更新しているとのことである。男性の平均寿命が八十歳を越えたことは喜ばしい。

女性との差は、依然として縮まらない。男性として生まれた不幸は、女性よりも長生きできないことだと嘆いた人もいたという。今日では平均寿命よりも、健康寿命を口にする人が多い。ただ生きているだけではなくて、健康で生きていることの大切さを言っているのである。師である木俣修先生は、六十歳の時に、

六十歳のわが靴先にしろがねの霜柱散る凜々《りり》として散る　　木俣　修『去年今年』

と詠んでいる。霜柱を靴先で蹴散らすような勢いの感じられる歌である。七十歳では、

歳旦《さいたん》を告ぐる明星《あかぼし》のかがやきを額《ぬか》にしぬ七十路《ななそぢ》のよろこびとして　　木俣　修『昏々明々』
煩《わづらひ》を遣らはんすべもなきままに古来稀《こらいまれ》とふ歳を享《う》けたり

と詠んでいる。ここには六十歳のときの心の昂ぶりは感じられない。素直に古稀を享受する姿がある。平均寿命を信じてあと十年を、いかに生きるか。疎かにすることのできない十年の歳月が短いのか長いのか。ひたすら生きるしかないだろう。

みちのくの秋

以前、まだ訪れていない県があることをエッセイに書いたことがある。一生のうちにすべての県を訪れることを夢に見てのことである。訪れていない県の一つに秋田県があったが、念願がかなってこの秋に行くことができた。今年の国民文化祭は、秋田県が担当となってさまざまな行事が県内の市町村で行われた。短歌大会もその一つで、仙北市で十月十二日に行われた。

仙北市とは、田沢湖町、角館町、西木村が二〇〇五年に合併して新しく誕生した市である。仙北市というと馴染みが薄いが、角館や田沢湖というと見当がつくのではないだろうか。なかでも角館はよく知られている。武家屋敷に枝垂桜の町並みを、何度か写真で見たことがあり、一度は行ってみたい所でもあった。

短歌大会の始まる前の時間を利用して、角館の町を歩いてみた。江戸時代の武家屋敷が、何軒か残っている。一般公開をしている屋敷もあるので、自由に敷地内に入ることもでき、古い建物の内部を写真に収めることもできた。

この地に生を受けた一人に、平福百穂《ひらふくひゃくすい》がいる。百穂は日本画家として特に高名であるが、画家だけではなくて、歌人としても知られている。市内には平福記念美術館もあって、多くの人が訪れている。百穂はアララギ派の歌人として、歌集『寒竹』を残している。

竹藪の蔭に残れるはだら雪ひたぶるさびし堪へがたきかも
たまたまに鉦《かね》をたたける葬《はふり》いま竹の林にかかりけるかも
あしびきの山のふもとの駅路《うまやぢ》をはやく流るる二筋《ふたすぢ》のみづ
ここにしておもひは清《すが》しいただきの笹原なびけ風わたるなり
平福百穂『寒竹』

といった歌が収められている。角館には見どころがたくさんあるが、時間の都合で、百穂の墓所を訪ねて角館を後にした。
短歌大会の後は、気心の知れた仲間と田沢湖畔に一泊した。田沢湖駅から車で三十分近くかかるところだけに、観光客は少ない。宿は「たつこ像」から一分もかからないところである。食事の美味しい宿で申し分なかった。地酒を飲みながらの歌談義は、夜の更けるまで続いた。翌日は盛岡観光を予定していたが、台風が接近しているので、早々に帰路についた。

自転車

自転車ほど便利なものはない。なにしろ燃費がかからない。駐車するにも場所をとらない。免許証も必要としない。車の入れない狭い道でも、自由に通行することができる。体力さえあれば、年老いてからでも乗ることができる。まことに便利である。

自転車の歴史は古い。西洋式自転車が日本に持ち込まれたのは、慶応年間であったとも言われているが、詳細は不明である。さらに調べてみると、一八七〇年に彫刻職人であった竹内虎次郎という人物が、「自転車」と名付けて東京府に製造と販売の許可を申請したとの記録が残されているという。その後もさまざまな改良を重ねて、今日の快適な自転車が生まれている。

わたしが初めて自転車に乗ったのは、小学生の時である。当時は、今のような子ども用の自転車などはなかった。自転車は大人の乗物で、子どもが乗ろうとしてサドルに坐っても足がペダルには届かない。子どもが大人用の自転車に乗る方法としては、三角乗りというのがあった。この乗り方は疲れるが、方法としてはこれしかなかった。同世代人たちは、この乗り方を体験したことがあるのか、飲み会があったときに、三角乗りの話で盛り上がったことがある。
大人用の自転車に乗るようになったのは、中学生の時からである。中学校は自転車通学が禁止されていたが、わたしは越境入学ということで特別に許されていた。自転車通学ができると喜んだが、新品の自転車を買えるほど家は裕福ではなかった。結局は兄のお下がりで毎日三十分近くかけて、通学したことを思い出す。高校も自転車通学だったが、片道四十分近くの道のりを雨の日も風の日も通った。道路もよく整備されていない時代だったので、パンクもよくした。その頃からパンク修理はお手の物だ。六年間も古い自転車に乗っていると愛着が湧いて、分身のように思えてくるときもあった。

ひと日を了へ荷の重げなる紙芝居の自転車立つをわれは見守る　田谷　鋭『乳鏡』
夕空はしずかに反りて自転車の鍵を外すとしゃがむ妹　吉川宏志『青蟬』
おぼれゐる月光見に来つ海号《うみがう》とひそかに名づけゐる自転車に　伊藤一彦『海号の歌』

生活の多くの場面で、自転車は詠まれている。わたしの愛車には名前などはないが、毎日必要なだけに粗末に扱うことなどはできない。

雨宮雅子さんとの思い出

雨宮雅子さんが、十月二十五日に亡くなられた。湘南の海を見ながら暮らすと仰ってから、何年になるだろうか。わたしは雨宮さんと親しくなる前に、夫君の竹田善四郎さんにお世話になることが多かった。竹田さんと知り合ったのは、「現代短歌を評論する会」である。竹田さんは、歌は詠まれないが優れた批評家であった。現代短歌に鋭く切り込んだ発言を、たびたび聞く機会を得ることができた。月に一度は会っているうちに、わがままなお願いをして、歌集『天空』の批評を「朔日」誌上に書いて頂いたことがある。竹田さんは二〇〇一年五月に亡くなられている。葬儀の席で、雨宮さんからご子息の写真家の森雅美さんを紹介された。

雨宮さんにいつお目にかかったかは、記憶にない。親しく言葉を交わすようになったのは、雨宮さんが現代歌人協会の理事になられてからだろう。理事会では、月に一度お話をする機会を得ることができた。

雨宮さんと、一度だけ旅をしたことがある。私的な旅ではなくて、仕事がらみの旅である。

二〇〇〇（平成12）年十一月三日から広島県の三原市で国民文化祭の短歌大会が行われ、選者として共に行く機会があった。一人で行くのが不安という雨宮さんのために、切符の手配をわたしがした。せっかくだから途中で大原美術館に立ち寄ることを提案したら、とても喜んでくれた。この時の旅には、大滝貞一さんと沢口芙美さんも加わっている。翌日の短歌大会での仕事を終えて、四人はそれぞれ別行動をとったが、五日に再び岡山駅で合流して東京に帰った。
帰りの新幹線の切符の手配もわたしがしている。雨宮さんは、愛煙家というよりは、ヘビースモーカー。その頃のわたしは少し喫っていた。禁煙車とは思ったが、喫煙のできる四号車を指定している。大滝さんだけが不満だった。わたしたちの乗っている四号車だけが曇っていると、大声で言う。たしかに煙が充満していることはわかるが、喫煙車なのだから仕方がない。大滝さんをなんとか宥めながら、四人の旅は無事に終わった。

死ぬるには美しすぎる生まれ月五月をきみは忌の日となしぬ　　雨宮雅子『昼顔の譜』
うつそみの人なるわれや夫の骨還さむとさがみの海に出で来つ
ひかり濃き湘南の地に住み着きて思ひも濃ゆくなりゆくならむ　　同　『夏いくだび』

難読苗字

暮れも押し迫った十二月二十九日、朝日新聞の「天声人語」に開高健の話が載っていた。いまでこそ開高健は著名な作家として知られているが、小さいころには「開高」という苗字を「かいこう」と読んでもらえなかったらしい。学校で出席をとられる時も、自分の順番が近づいてくると、読めないぞ、読めないぞと密かに思っていたらしい。この話と同じような思いを、わたしも何度もしている。「外塚」は難読苗字ではないと思うが、正確にはなかなか読んでもらえない。

新学期には、新しい教師に出会うことが多い。生徒は名前を覚えてもらうことによって、親しみを増すものである。いざ出席をとられる段階になると、開高健ならずとも、わたしの名前の前までくると、教師の声は止まってしまうことが多かった。苗字を何と読むのか考えているのだろう。しかし、教師は読まなければならない。「トツカ」とか「ソトツカ」とか読んでいるが、わたしは応えない。こうした態度をとっていたからか、教師の印象は悪かったらしい。

歌人であり国文学者の折口信夫は、「おりぐち」ではなくて「おりくち」である。「原田」なども関東地方では「はらだ」が多いが、西に行くと「はらた」と濁らない。まことに苗字は難しい。木俣修に、次のような作品がある。

「こまたさん」と呼びて近づきくる記者ひとり島の港の待合室に　木俣　修『愛染無限』

瀬戸内の島々を巡っているときの歌である。「こまたさん」はもちろん木俣修である。記者は、木俣を「こまた」と思って呼んだのだろう。人に言わせれば、一度は間違っても何度も間違うと失礼になると言う。連れ合いは、三文字の苗字は由緒あると言う。しかし、わたしは眉唾物と思っている。三文字が由緒正しいなら、四文字はそれ以上なのだろうか。わたしの故里には、四文字の「大豆生田《おおまみうだ》」という苗字がある。小学校からの同級生もいる。これは難読苗字になるのだろうが、大変なのは、印鑑を作る時らしい。この他にも、「五百蔵」「小鳥遊」「四月朔日」「春夏秋冬」といった珍しい苗字もある。順に「いおろい」「たかなし」「わたぬき」「ひととせ」と読ませる。「小鳥遊」などは、鷹がいないと小鳥が遊べるところから、「たかなし」という苗字になったらしい。わたしの苗字も「トノツカ」と読んで欲しいものである。

矢立

古美術にはあまり興味がないが、手元に古い矢立がある。いわゆる「矢立の硯」である。四十年くらい前に求めた骨董品である。骨董品と言ってしまうと相当に価値のあるものと思われるかも知れない。実際、求めた時には良いものを手にしたと得をした気分になったものである。

求めたのは奈良の長谷寺の近くの古物屋であった。店主は江戸時代につくられたものですと言っていたが、その言葉を信用して求めたのである。墨壺の蓋の上に小さな亀の彫物が付いている。見るからに美術品という感じはするが、よくよく見ると素人の目をごまかすための飾りとして彫物をつけたのではないかと、今では心のどこかに疑っている気持ちもある。

素材は真鍮と思われる。最初は緑青が吹いていたので銅かと思ったが、銅では柔らかくてとても矢立などにはならない。真鍮なら銅と亜鉛の合金なので納得できるし、緑青が吹いてもおかしくはない。形を調べてみると、店主の言葉通り江戸時代に作られた形ではある。ということは、本当に価値のある物なのかも知れない。鑑定をしてもらえば即座に価値がわかるのだろうが、夢が破れるといけないのでそっとしている。

今日まで一度も墨を入れたことがない。矢立そのものも今の時代にはそぐわない。気に入って求めたものであるから、本物であろうが偽物であろうが気にはしていない。

墨の香《か》をたたせて春の夜のひとり登仙のごとき喜びを得ん　木俣　修『雪前雪後』
墨の香に酔ひゐるひと夜間《よま》をおきて啼く梟のこゑもしたしも　同『昏々明々』
物うかるこころはげまして墨をする匣書《はこがき》ひとつ果さんとして　同『昏々明々以後』

木俣修先生宅の応接間には、いつも硯と墨が置いてあった。機嫌の良い時に訪ねると、「お前墨を摺れ」と言って、新しく出来あがってきた本に歌をしたためてくれることもあった。古書を求めて持参して署名をしていただいたことも何度かある。

わたしの矢立は実用品にはほど遠いが、手に取ってみると何かを書きたくなる気持ちが湧いてくる。芭蕉ならぬわたしでも、矢立に墨を充たして旅に携帯したら一句、いや一首が浮かんでくるだろう。求める時にはそれなりの代金を払ったが、お金では買えないものを今では手にしたと思っている。

カレーライス

子どものころの嫌いな野菜と言えば、ピーマン、人参、玉葱などがあげられる。親としては、何とかこれらの野菜を食べさせようと、さまざまな料理を工夫している。その一つにカレーライスがある。わたしが子どものころは、カレーライスはご馳走だった。これなら人参や玉葱が嫌いな子どもでも食べられる。料理と言っても手間はそれほどかからない。

子どものころに田舎で食べていたカレーライスは、それこそ肉がほんの少しだけ入ったものであった。それでも普段の食事よりも、多めに食べていた。いま食べたら、とても食べられる味ではないと思われる。それだけ時代とともに味もよくなっているのだろう。

東京に出てきて初めてカレーを食べたのは、神田駅に隣接した店であった。人形町の勤め先に行く前に、下車駅の神田で朝食を済ませていた。早朝から店の開いていた立ち食いのカレー専門店である。朝食がカレーライスというわけである。よくも飽きずに食べていたと思うとともに、山手線の電車の音を聞きながら食べたカレーライスの味が今でも忘れられない。

共働きが続いていたので、忙しいときには何か料理を作らなければならなかった。当時からレトルト食品はあったが、手作りの味にはかなわない。手っ取り早いのはカレーライスである。誰に教わったわけでもないが、カレーライスなら作る自信があった。ただし、ルーから作るというわけにはいかない。味をよくするためにチーズを入れたり、時には茄子やトマトを加えたりすることがあった。かくしてわたしの作るカレーは、家族からは好評であった。ただし、レシピも何にもないので必ずしも同じ味が出せるわけではない。甘いときもあれば辛いときもある。

口疼《ひひ》き汗噴くほどのカレー欲り炒りしがあはれ髪も香に染む　蒔田さくら子『淋しき麒麟』
辛きカレーを喰うカウンターのおとこがたしかに大きく見えぬ　髙瀬一誌『火ダルマ』
「今日は笑わないから」という友のいて昼のカレーにコロッケ落とす　梅内美華子『横断歩道《ゼブラ・ゾーン》』

梅内さんの歌のように、コロッケを落とすのもよいだろう。わたしは蕎麦屋のカツカレーが好きだが、カロリーが高すぎるといって連れ合いは食べさせてはくれない。たしかにカロリーは高いが、夏の暑い日の激辛カレーは夏バテを防いでくれるのだ。

春の香り

春先になると回りが明るくなってくる。いっせいに木々が新芽を吹きだすからだ。この頃になると、天麩羅が食べたくなる。柔らかい新芽を見ていると、すぐに天麩羅にしたくなる。楤の芽やアカシアの花なら申し分ないが、すぐには手に入らない。そこで手ごろな材料として使えるのが庭にはびこっている雪の下である。雪の下の葉の表面はざらざらしているが、天麩羅にすると最高の味である。天麩羅は揚げているうちに胃もたれがして嫌だという人もいるようだが、わたしは平気である。しかし、このところ天麩羅を揚げていない。子どもたちも家を離れて連れ合いと二人だけの生活では、天麩羅を揚げても食が進まないからである。天麩羅を食べるのは、外食をする時か旅先での食事である。

四月の初めに岐阜県まで足を伸ばした。なかなか都合がつかなかったが、思いきって谷汲《たにぐみ》と根尾谷の淡墨桜を見ることにした。谷汲は木俣修先生の歌集名にもなっているところなので、一度は行きたいと思っていたところである。時刻表を調べてみると、不便なところである。大垣からの樽見鉄道のレールバスを使っても、その先のバスとの接続がうまくいっていない。桜の開花の時期だけは臨時の時刻表になるとのことで安心したが、時計を気にしながらの旅となった。木俣先生の歌集『谷汲』には、華厳寺が詠まれている。先生がこの地を訪れたのは、十二月である。

〈谷汲の札所を目ざすひたごころ寒雲垂るる峡の路ゆく
〈谷汲の山にあかとき撞く鐘のひびきは渡る雪の八谷《やたに》に
木俣　修『谷汲』

わたしが訪れたのは四月の桜の時期なので、先生の作品とは違った華厳寺の印象がつよく残った。当日の宿を「うすずみ温泉」にとった。淡墨桜にも近いし、人里離れたところだけに地元の料理が楽しめるのではないかと思ったからである。夕食を期待していたが、地元の山菜料理は出てくるが、旬の野菜の天麩羅が出てこない。出てくるのは蒟蒻や筍などである。たしかに体には良いものばかりである。旅先での天麩羅を期待していたわたしには物足りなかったが、連れ合いは最高のもてなしだと言う。地元の旬の野菜の味を生かした、油ものを控えた料理を考えている宿なのだ。機会があれば、もう一度行ってみたい。

蕺草

春先になると蕺草《どくだみ》が新しい芽を出してくる。いくら抜いても執拗に芽を出す蕺草の生命力は、驚くばかりだ。半夏生の増え方も半端ではない。調べてみると、半夏生もドクダミ科である。何年か前に、散歩の途中で葉先の白さに惹かれて美しいと言ったばかりに頂いてしまった。こちらは増えすぎたものを抜くことによって退治したが、蕺草だけは手に負えない。

蕺草は花が咲く時期になると、歌に詠まれることが多い。普段は厄介者のように嫌われているが、不思議なくらい歌に詠まれる。見ているだけならよいが、手を触れた後の悪臭を考えると、決して増やしたくない。田舎では蕺草などとは言わないで、「地獄蕎麦《じごくそば》」と言っていた。臭みからその名が付いたと思っていたが、蕎麦と同じように健康によいところからきているらしい。また、ある土地では、「しぶと草」とも呼ばれている。なかなか退治できないしぶとい草からその名がついたとも言われている。

蕺草は歌では十字の花などと、いかにも美しい花のように詠まれているが、花はあの白いものではない。実際の花は、淡黄色の穂のように密生している。この花穂を取り巻く白い総包片があって、花弁のように見える。いかにも花という感じはするが、十字の花は間違いである。『広辞苑』を繙いてみると、蕺草は「毒を矯める・止めるの意」と記されている。たしかに、観光地などで蕺草の葉を乾燥したものをお茶として販売しているのを、目にすることがある。あの悪臭を思うととても飲む気にはならないが、健康食品としては人気があるらしい。腫物の治療にと蕺草の葉を濡れた新聞紙に包んで火にくべてとろとろになったものを、患部に貼ってもらった記憶がある。

怒気多くなりゆく日々の蒼ざめる心臓に似て茂る蕺草　西村　尚『飛聲』
十薬の花うつものは木の雫時おきてまた花動きたり　石川不二子『さくら食ふ』
どくだみぐさ刈りはらひたる土の面《も》のししむら傷むごとくににほふ　森岡貞香『百乳文』

ところで蕺草の白い苞は一重であると思っていたが、八重の蕺草を知人の家で見つけた。さっそく頂いてきたが、増えることを恐れて鉢植えにしてある。一重の方が清楚で美しいという人もいるが、八重の蕺草には違った魅力があり、それもまた美しい。

暗証番号

パソコンのメーカーは、春と秋に新製品を発売している。新製品だからといって、それほどグレードアップをしているとは思えないが、使いやすくなっていることは確かだ。三年ほど使っていたパソコンの具合が悪くなったので、最近パソコンを買い換えた。立ち上げてから仕事にかかるまでに時間がかかっていたが、新しいパソコンに待ち時間はない。長く使っていると、どうしても余計なソフトをインストールしたりしているので、速度は遅くなる。

新しくしたら初期設定をしなければならないが、かなり面倒なことがある。それでも時間をかけて、メールや無線ＬＡＮの設定をすることができた。パソコンを動かすには、必ず暗証番号を入れなければならない。以前に使っていたパソコンは、暗証番号などは必要でなかったが、何回か買い換えるたびに暗証番号の設定も変わってきている。セキュリティを厳しくしようとしているのかも知れない。

今度のパソコンも暗証番号を必ず指定しなければならない。以前は四桁の数字でよかったので、今回購入したパソコンも同じだろうと思って四桁の数字を入れてみたらエラーになってしまった。今度のパソコンは、十桁を入れなければならないのだ。四桁なら簡単に覚えていられるが、十桁となると難しい。電話番号や地番などは他人に判りやすいので、避けるようにとの指示があるので、なおさら考えてしまう。それでも十桁を入れなければ起動しないので、設定した。パソコンのみならず、今は多くの電子機器は暗証番号を必要としている。暗証番号は、スマホとタブレットでも指定してあるし、スマートフォンにも必要な時代なのだ。わたしもスマホとタブレットを使っているが、どちらも暗証番号を入れてある。しかし、何かの時に暗証番号を要求されると、即座には出てこない。今はまだ記憶することができるが、もう少し齢をとったら、覚えていられるか怪しくなってくる。

携帯の電話番号を教へ合ひちさき砦《とりで》をつくる少女ら　　柏崎驍二『四十雀日記』

柏崎氏の作品に見られる少女たちのように、番号を安易に教えるわけにはいかない。来年には、マイナンバー制度が導入され数字十二桁を国民一人一人に付与するという。管理するには良いだろうが、番号はどう考えても覚えられそうもない。必要なのは、国だけなのだろうか。

水の音

先日、久しぶりに故郷に帰った。父母が元気なころはよく帰省したが、亡くなってからは次第に足が遠のいてしまっている。帰省はいつも車である。そろそろ免許証を返納した方がよいと言われているが、帰省には車が便利である。電車を利用すると、車での時間よりも大幅にかかってしまう。車だと所沢インターから高速に乗れば、栃木インターまでは一本で行ける。

今回の帰省は、出版記念会のためである。会の始まる前に、観光の名所となっている巴波川《うずまがわ》の河畔に立ってみた。巴波川は、かつては江戸まで特産の麻や穀物を運んだ川である。東北本線を栃木市に通す計画があった時には、汽車の煙で稲が枯れてしまうといった、今では考えられない根拠のない噂話がまかり通った。本当の理由は、水運業者の反対する力が強かったからだと言われている。栃木市は、廃藩置県の後、しばらくは県庁所在地であったが、明治政府に反旗を翻したばかりに宇都宮に県庁を移されてしまったという過去がある。一時は町の経済も衰退し、巴波川も汚染されてしまった。汚れを隠すために暗渠にする計画もたったほどである。

しかし、地元の人たちの努力によって川はよみがえり、川には十万匹の鯉の稚魚が放流されて、今では大魚となった鯉がゆうゆうと泳いでいる。

柳河の濠《ほり》の落合《おちあひ》体細き蜻蛉は群れてしきりに飛べり　　宮　柊二『日本挽歌』
無花果《いちじゆく》と柘榴《ざくろ》の新葉《にひば》かがやきて茂れる下を舟にて下《くだ》る　　同　『獨石馬』

今年は、春先に柳川を訪れる機会を得た。柳川は何度も訪れているが、今回は舟には乗らずにゆっくりと歩いた。右は、二首とも宮柊二の作品である。一首目は、一九五〇（昭和25）年、二首目は、一九七一（昭和46）の作品である。ともに柳川を訪れて詠んでいる。二首には二十年の歳月の隔たりはあるが、柊二にとっての柳川は特別なところであったに違いない。

夜もすがら空より聞こえ魚野川《うをのがは》瀬ごと瀬ごとの水激《たぎ》ち鳴る　　宮　柊二『藤棚の下の小室』

魚野川もまた柊二には生きる力となった川だろう。わたしの住んでいる近くに川がないので、旅先で水辺を歩いていると心が洗われる。水の音と川の匂いは、郷愁を誘ってくれるのである。

アナログかデジタルか

写真を撮るのが好きで、出かける時はいつもカメラを持参する。数年前まではフイルムカメラを使っていたが、いまではもっぱらデジタルカメラを使っている。フイルムカメラはもう使わないかといえば、まだしばらくは使いたいので、しっかり保管してある。

初めてカメラを手にしたのは、上京した頃である。薄給だったので、高価なカメラを買うことはできなかった。当時の人気商品であったゼンザブロニカなどは高嶺の花であったので、フイルムを二倍使えるハーフサイズカメラを最初は手にした。このカメラは、三十六枚撮りだと倍の七十二枚は撮れるので、利用価値はあったが、風景写真を大きく引き伸ばしたりするのには、物足りなかった。少し余裕ができた頃に、カメラならニコンということで、ニコマートを求めた。レンズも明るいので、たいていのところならフラッシュなしでも撮影することが可能であった。こちらは今でも大事にしている。正直なところフイルムカメラは、デジタルカメラにはない良さはあるが、あとあとのことを考えると、手軽には使えない。デジタルカメラは撮ったその場で映像を見ることができるし、パソコンやタブレットを使えば多くの人と共有することもできる。好きな画像だけを、日付順に保存しておくこともできる。
今使っているのは、ニコンのデジタルカメラである。デジタルカメラも何度か買い換えている。一眼レフなので相当な重さはあるが、小型のカメラからは得られない、シャッターを切る時の音がたまらない。
デジタルカメラは、毎年のように新機種が発売される。画素数を競っているが、必ずしも画素数が多いからよい写真が撮れるわけではない。要は腕というところだが、プロにはなれないわたしは好きな花や鳥などを撮って楽しんでいる。

暗室に籠る時間が好きだった水は彼方へ流れ続けて　　松村由利子「現代短歌」15・7
山羊を抱く児らはメールに届きたり焼き増すといふ時遠のけば　　黒瀬珂瀾「同　」

「現代短歌」二〇一五年七月号では、「秘蔵の写真」を特集している。わたしの一枚もあるが、三十年も前の写真である。写真を見た人に、まるで違う人ではないかと言われて、落ち込んでいるところである。

彼岸花

彼岸花が見ごろを迎えている。近隣を散歩していると、よく見られる赤い花ではない白い花や黄色の花を目にすることがある。田舎にいた頃には、赤い色の花の他は見ることはなかったので珍しいと思った。しかし、彼岸花はやはり赤い色がふさわしい。最近では敷地内に花を咲かせている家も見かけるが、わたしの田舎では有り得ないことであった。彼岸花の咲いている場所はといえば、墓地が多かったからである。それゆえに彼岸花は、忌み嫌われる花でもあったのである。花を飾ることはなかったし、家の庭に植えることなどは絶対になかった。

彼岸花ほど、さまざまな名で呼ばれている花もないだろう。よく言われているのは、曼珠沙華であるが、各地での呼び名をネットなどで調べてみると、何千とあるのに驚く。例えば、死人花、天蓋花、幽霊花、お化け花、捨子花、狐花などである。どうみても、気持ちの良い名前ではない。咲いている場所に墓地が多かった為か、わたしの故郷では「じゃんぼん花」と呼ばれている。「じゃんぼん」とは葬儀のことである。語源は葬儀のときに、じゃらんじゃらんと鳴らす鉦の音からきているのかも知れないが、確かなことは分からない。何れにしても人前で口にするのが憚られる呼び名であることは確かである。

みしことのわずか光ると思うときまんじゅしゃげ明るすぎて雨ゆく　馬場あき子『桜花伝承』
風を浴びきりきり舞いの曼珠沙華　抱きたさはときに逢いたさを越ゆ　吉川宏志『青蟬』
もう充分あなたのことを思ったから今日のわたしは曼珠沙華　宮　英子『海嶺』
あかあかとほほけて並ぶきつね花死んでしまえばそれっきりだよ　山崎方代『こおろぎ』

忌み嫌われる花ではあるが、多くの人が彼岸花を詠んでいる。新見南吉を生んだ半田市では、矢勝川の土手に地域の住民が何万本もの彼岸花を咲かせているという。花時には「ごんの秋まつり」が行われ、多くの観光客の目を楽しませている。わたしの住んでいる近くにも、巾着田という彼岸花の群生地がある。秋には、「巾着田曼珠沙華まつり」が行われる。一度は行ってみたいと思うが、一面の赤い花を見ると気が触れてしまうのではと思って行くのを控えている。

喫茶店

一昔前までは、郊外の小さな駅前にも喫茶店はあった。待ち合わせや、時間調整などの時にはよく利用したものである。しかし、今日では駅前に喫茶店を見かけることは少なくなってしまった。喫茶店に替わって、ファミレスなどが増えている。それでも以前に比べれば、ゆっくり時間を過ごせる場所は少なくなっている。

聞くところによると、喫茶店経営は成り立たない時代になっているという。たしかにコーヒー一杯で長時間居座られたら、商売にはならないだろう。わたしの場合も喫茶店はコーヒーを味わうというよりは、人との待ち合わせをしたり、時間調整に使うことが多かった。

最近多くなっているドトールコーヒーなども気楽に使ったらよいという。なにしろコーヒーの値段が安いという。問題は値段ではない。コーヒーを味わうにしても、席まで自分でコーヒーを運ぶことに抵抗がある。時代が変わっているのに、何を言っているかと言われるかも知れないが、席について待っているところに運ばれてきたコーヒーを、ゆっくり味わうのが趣味なのである。そんなわけで、なかなか足が向かない。

数年前に「滝沢」が営業をやめてしまってからは、たまり場となる喫茶店がなくなってしまった。「ルノアール」がまだ駅の近くには数店残っているので、利用することにしている。

今はどの店でも分煙をしている。以前は煙草臭い席で仕事をしていたが、今は禁煙席に居座ることにしている。喫茶店は、選歌をするにはもってこいの場所である。家では気が散って仕事も進まないが、喫茶店だと気持ちを集中させることができるので、選歌も捗る。場所によっては、パソコンを使うこともできる。

明細書書きなづむかな喫茶店「李白」にくらき灯点《あかりつ》くころ　　影山一男『天の葉脈』
言ひ過ぎし会議の後を降りきたる地下の茶房に一人となりぬ　　篠　弘『百科全書派』
人生のかたはらとほり去るごとし雨の茶房の窓過ぎる傘　　岩田　正『和韻』

歌では、「喫茶店」よりも「茶房」が多く使われている。茶房と言うと、何となく古めかしい感じがしてくる。数年後には、「茶房」という言葉を知らない世代が増えてくるかもしれない。辞書からも、消えてしまいそうな感じがしてならない。

地図

小さいころから地図を見るのが好きだった。家にあった戦前の日本地図が、最初に目にした地図である。台湾や樺太が赤く塗られている地図である。もちろん北方四島も日本の領土であり赤く塗られていた。さすがに小学校に入ってからは、普通の地図で学んだことは言うまでもない。地図は夢を与えてくれる。実際には行くことができなくても、地図上なら鉄道でも車でも自由に行くことができる。小さいころには、県庁所在地を印す赤い丸を中心とした都市を想像しながら、何度も旅をしたことがある。

平成の大合併で、市町村の名前もだいぶ変わってしまっている。正確を期すなら毎年新しい地図を買い替えるとよいのだろうが、それほど必要ないので数年おきに買うことにしている。いま使っているのは、昭文社の「なるほど知図帖２０１５」である。これは単なる地図ではない。「知図帖」とあるように、地理と知識の両方を学ぶことができる本である。

日本の世界遺産、名水百選、日本百名山をはじめとして、日本の音風景１００選なども収載されているので、退屈することはない。地図だけならそれほどの頁も必要ないだろうが、この本は三百頁を越える。それだけに楽しみも多いということである。

夏の全国研究集会の終わった後に、多治見市まで足を伸ばした。名古屋から多治見まで乗車したときに、この路線は中央本線であることを知ったのである。いつも乗っている中央線と中央本線は別の路線であると、今までは思っていたのである。中央本線の起点は東京で、終点は名古屋である。時刻表をみれば一目瞭然なのだが、思いこんでいたので気がつかなかったのだ。

地図を詠んでいる歌を探してみた。

壁面《へきめん》の古地図《こちづ》をはがすけふのおもひ寒ざむとしてなににつながる　木俣　修『冬暦』
遠き雲の地図を探さむこの町をのがれむといふ妹のため　大西民子『雲の地図』
あやまりにゆくとき地図にある橋は鷗の声にまみれてゐたり　魚村晋太郎『銀耳』

ここに引いた地図の歌は、どれも複雑な思いが込められている。地図からは、人それぞれの複雑な人生が見えてくるようでもある。

好きなもの嫌いなもの

食の好みは、人それぞれによって異なる。人は生まれも育った環境も異なるのだから当たり前のことである。好みは、子どものころの食生活によって決まると言われている。魚を嫌いな親の子は、やはり魚を食べることが少ないとも言われる。塩辛いものが好きな家族の中で育った人は、どうしても塩辛いものが好きになるらしい。わたしの育った栃木県などは、塩辛いものが好きな県として知られていた。各家庭では冬が近くなると、白菜の漬物を作るのが習慣になっていた。子どものころにその様子をよく見ていたが、白菜を樽に三十個くらいぎゅう詰めにして漬けこむのだが、たっぷりの塩と唐辛子を白菜の間に交互に入れて漬けるのである。この漬物の味は、スーパーなどで売っているものとは比較にならないほど美味である。客が来ると、どこの家でも白菜の漬物をお茶請けとして出すのが一般的であった。

漬物はそれだけでも塩辛いのに、客はたっぷりと醤油をかけるのである。好きな人は、さらにその上に七味唐辛子を振りかけて食べるのである。これだけ塩分をとれば、身体に良いわけはない。最近では健康のことを考えて減塩食が好まれている。栃木県は以前、高血圧や脳梗塞の死亡者が、全国でも上位を占めていたが、減塩食を摂るようになってランクも少しずつではあるが、下がっている。

塩辛いと言うよりは、酸味と臭気の強いのが、鮒鮨だろう。琵琶湖産の似五郎鮒《にごろぶな》の鱗と鰓と臓物を取り除いて塩漬けにしたものを、飯と交互に重ねて漬け込んで自然発酵させただけに、その臭気たるや初めて食した人は、とても食べ物とは思えないだろう。この鮨は腐っていると、土産に貰ったものを途中で捨ててきたという話も聞いたくらいである。

木俣修先生は故里の鮒鮨をはじめ、琵琶湖に棲息する魚をよく詠んでいる。

たももちてすくひあげたる魞《えり》の魚もろこは跳ねる余光の中に　　木俣　修『歯車』
塩気さへ甘味《あまみ》とともに削りたるすべなき食《じき》も待つとなく待つ　　同『昏々明々』
鮒鮨《ふなずし》をこよなく愛《め》でし亡き兄をいひて祀《まつ》るかひととせののち　　同『昏々明々以後』

二首目では、すでに鮒鮨も口にはできない健康状態を詠んでいる。食の歌の多い修としては、耐えられないことであったろう。

青天の霹靂

人生いつ何がおこるかわからない。身体はいたって丈夫だと思っていたが、昨年の十一月末に身体に異変が生じた。自分でも何が起こったかわからなかったが、居合わせた人から、すぐに病院に行くようにと言われた。土曜日であったが、行き付けの病院の夜間診療を受けて、初期治療をしてもらった。このことが後になって、恢復を早めたと思っている。

夜間診療では専門医がいなかったので、日曜当番の医院の紹介状を書いてもらって受診したが、原因は不明とのことであった。再度、かかりつけの病院で大学病院の紹介状を書いてもらった。そこでの診断で、突発性の顔面麻痺との病名がはっきりした。担当の女医からは、即刻入院をするようにとの言葉が返ってきた。診断が終わったのが午後の一時過ぎなのに、三時までに入院の手続きをするようにとのことである。余りの手際の良さに驚いたが、早く治したい一心から入院を決断した。今までに入院したのは、盲腸のときくらいである。十代のころであったので、まったく記憶にない。

入院と言っても、手術を受けるわけではない。一日に三回の点滴を受けるだけである。午後の二時と夜の十時、早朝の六時と決まっている。夜の遅い分には構わないが、早朝の六時はさすがにつらかった。それでも看護師が起こしにくるので、素直に従わなければならない。三度の食事は、決して美味しいとは言えないが、体調を考えての病院食である。

退屈だろうと入院するときに、『宮柊二歌集』（岩波文庫）を荷物の中に入れておいた。入退院を何度となく繰り返している柊二の作品を、この際もう一度読み直そうと思ったからである。『白秋陶像』には次のような歌がある。

九階の病室の空澄みたれば霜ふかぶかとあらむわが庭
素足にて土を踏みたし霜荒れの昭和六十一年の新しき土を
宮　柊二『白秋陶像』

ここでの柊二の病室は、九階である。作品は、暮れも押し迫ったころに詠まれたことがわかる。わたしの病室は五階であった。病室の窓からは、奥武蔵丘陵や遠くは秩父の山々を望むこともできた。窓からの景色に飽きることはなかった。

あまりにも忙しくしていたので、神様が少し休むようにと、休暇をくれたのかも知れない。

趣味

趣味はと聞かれて、なぜか短歌ですとは言いにくかった。鞄の中にときには歌集などを入れていても、電車の中でなどは開きにくかった。恥ずかしいわけではないが、なぜか気が引けたのである。短歌は余技としてのものではないことは確かだが、歌を詠んでいますと人に対して堂々と告げることができない。このことは人によっても異なるが、大方の人に共通するところではないだろうか。歌を趣味で詠んでいるのなら、公共の場で歌集を気軽に開くことができるのかも知れない。歌以外の趣味なら、わたしも自信をもって告げられる。哀しいかな、今はこれといった趣味をもつことがない。かつては早起きをして釣りに行ったりもしたし、家族そろってのスキーを楽しんだりしたこともあった。それらすべてが今や過去のものとなってしまった。

釣りは二十代のころに夢中になったことがある。田舎にいた頃には近くの川でよく釣りをしたが、上京してからは時間的にも無理であった。しかし、転勤した職場に釣りの好きな人がいて、誘われてからというもの、月に一度くらい休暇をとって海に出かけることがあった。もともと海の無い県に育ったので、海に対しての憧れがあったのかも知れない。釣りには川釣りと海釣りがあるが、もっぱら海釣りであった。

仲間を五、六人誘っては、仕立ての船で海に乗り出す。海釣りは、魚のいるところに船頭が導いてくれると言うが、そんなことはない。半日糸を垂らしていても一匹も釣れないときがあった。極め付きは、鮎魚女《あいなめ》釣りである。鮎魚女は根魚なので、仕掛けもブラクリ仕掛けといって一般的な仕掛けとは異なる。真冬の相模湾に繰り出しては、釣ったものである。

玉城徹さんの『香貫』のなかに次のような歌がある。


川の面に綸《いと》垂るる人を見て歩むそのよろこびをわれは識《し》るなく　　玉城　徹『香貫』

この一首は沼津に移住した後の作品である。日々の散歩の折に、釣人を見ることがあったのだろう。歌を詠む楽しみは知っていても、釣りに親しむことは知らないのだ。そういえば、玉城さんに歌以外に何の楽しみがあったのだろうかなどと、今更ながら考えてしまった。歌以外に夢中になるものをもつなとは、木俣修先生にもよく言われたことがある。

ラジオ深夜便

テレビをあまり見なくなってから、何年たつだろうか。今ではラジオがテレビに替わって日常生活のなかにとけこんでいる。ラジオなら、仕事をしながらでも他のことができる。ラジオを聴くのは、午後からが多い。番組表をしっかり見て、これはというものを選んでいるわけではない。ＦＭをつけっぱなしにしておくだけである。最初の頃は流れる音楽が気になっていたが、今では音のない世界は考えられなくなっている。

ラジオを聴くのは、二十四時までと決めていたが、零時のニュースを聴いて終わりとする。かつては「ラジオ深夜便」などをいつまでも聴いていたが、身体のことを考えてのことである。「ラジオ深夜便」は十一時過ぎから始まる。この番組には、「ナイトエッセイ」というコーナーがある。先日、このコーナーで大和言葉についての話があった。言葉には、大和言葉、漢語、外来語があるが、いまの日本では大和言葉が失われつつあるとのことであった。大和言葉の美しさを、唱歌「ふるさと」の歌詞をあげて語っている。最後のところの「忘れがたき故郷」を

「ふるさと」でなく「こきょう」と声に出して歌ってみると違いが明らかに分かると言っている。
「ラジオ深夜便」から生まれた本がある。今は亡き鳥海昭子さんが「誕生日の花と短歌」というコーナーで紹介した花と短歌を一冊に纏めた本である。『ラジオ深夜便　誕生日の花と短歌365日』には、その日の歌と花の写真、さらにハナミズキならば別名としてアメリカヤマボウシも記載されている。もちろん花言葉もついている。鳥海さんの短いコメントも楽しい。五月一日から四日までの歌を順に紹介する。

スズランの群生ありき霧雨にぬれてさ揺れて涯《はて》もなかりき
飛んで来《き》し小さな虫をからめとりムシトリナデシコしずかなりけり
古井戸の水があふれて広がれる水芭蕉《みずばしょう》白きちちははの家
庭をおおう大木となりハナミズキ花のあかりを宵にひろげる
鳥海昭子

鳥海さんが亡くなった二〇〇五年の暮れに、長男の中込祐氏から寄贈をうけた一冊は、いつも手のとどく本棚の一角に収まっている。

鬼ノ城

四月の初旬に、久しぶりに遠出の旅行をした。旅行といっても、いつものように仕事の都合に合わせての旅行である。仕事がらみであっても、仕事を済ませてからはどこか一か所くらいは旅の思い出を残しておきたいと常に思っている。

一日目は、今年の全国研究集会の会場となるホテルとの打ち合わせを済ませた後に、姫路城に足を延ばした。姫路城は何度か訪れているが、桜の満開の時期は初めてである。最初の予定では、岡山県総社市の鬼ノ城《きのじょう》（標高三九七ｍ）に行く予定でいたが、あいにくの雨のために急遽、姫路城に行くことになったのである。この日は雨のために入城の待ち時間はなかった。

二日目は岡山で一泊して、二時まで「朔日」の仲間と歌会をしてから、高速道路を飛ばして鬼ノ城を目指した。岡山は何度となく訪れているが、鬼ノ城に行く機会はなかった。鬼ノ城は鬼城山《きのじょうざん》の西方にある。城といっても姫路城のように天守閣があるわけではない。平日であったが、城址を目指す人はほとんどいなかった。

鬼ノ城は古代の山城であるが、七世紀の後半に築かれた可能性があるとパンフレットには記されている。国指定史跡にもなっていて、高石垣や排水のための水門の跡が当時の面影を残している。天守閣のある城もよいが、鬼ノ城のように何もないのもよい。何もないので、古代にこの地を治めた城主や城郭といったさまざまなことが想像できるからである。頂からは、晴天であれば遠くは四国の讃岐富士を望むこともできる。
城を詠んだ歌は多いと思っていたが、意外と少ない。とくに空高く天守閣が聳えている城などは圧倒されて歌には詠みにくいのかも知れない。

城の町かすかに鳰《にほ》のこゐはして雪のひと夜《よ》の朝明けんとす　木俣　修『去年今年』
亡き父のおもひ出もちてけふ歩む冬羊歯青き濠ぞひの道　同　『高志』
城山をとよもす風の湖《うみ》に落ちてきざむさざなみのひかり寒けし

修が詠んでいるのは彦根城である。彦根は故里であり、旅人とは違った感慨が常に胸に去来したと思われる。今年の全国研究集会は姫路で行われる。世界文化遺産の国宝姫路城が、参加者にどのように詠まれるかを楽しみにしている。

乗り換え

埼玉県に住んでいながら、埼玉県のことはあまり知らない。勤めていたころは、埼玉都民と言われていた。勤め先は東京で、住まいは埼玉ということである。早朝に家を出て夜遅く帰る生活では、埼玉に親しみが湧くわけがない。県知事が誰なのかすぐには答えられないし、それどころか、今住んでいる所沢の市長の名前さえもなかなか思い出せない。

買い物にしても、埼玉県の中心都市であるさいたま市に行くよりは、池袋や新宿に行く方が便利である。要するに、都心に出るのは便利だが、埼玉県の中心都市に行くのには、交通の便が悪いのである。

先日、用事があって埼玉県の桶川市まで行くことになった。車なら高速を飛ばせば近いのだが、電車を乗り継いで行くのは初めてである。前もってネットで調べてみると、気が遠くなる。ある程度の時間がかかるのは覚悟していたが、県内を移動するのに二時間もかかるとは思ってもいなかったのである。

自宅から最寄りのバスに乗って新所沢駅に。そこで西武新宿線に乗って所沢駅まで行く。ここで西武池袋線に乗り換えて秋津駅まで行く。秋津駅からＪＲの新秋津駅までは歩かなければならない。新秋津から武蔵野線で南浦和駅に。ここで京浜東北線に乗り換えて浦和で高崎線にまた乗り換える。都合五回の乗り換えを経て桶川駅に着くことができたのである。

とりのこされる思いに駆られいそぎゆく駅改札の雑踏の中　　沖ななも『ふたりごころ』
新聞、雑誌、のど飴を売るキヨスクに黒い喪章のあり十二月　　高野公彦『甘雨』
この駅は我が人生の通過点いつも乗り換へばかりしてゐる　　佐田公子『過去世のかけら』

電車や駅を詠んだ歌は多く見られる。乗り換えを何度もしていると、佐田さんの「人生の通過点」が分かるような気がしてくる。沖さんに限らず、改札口は誰もが早く出ようとする。取り残されることはないだろうに。忘れ物をしても、家まで取りに帰ることはない。キヨスクがあれば、こと足りるのだ。「喪章」まで見つけるところが高野さんである。駅や電車内からは、人生の縮図が見えてくるのだ。

捨てるもの捨てないもの

つい最近までものを捨てることをしなかった。当然のことながら、部屋は我楽多でいっぱいになってしまう。片付けようと思っても、何から手をつけてよいかわからない。それでも何がどこにあるかは、長年の勘でわかっているので不自由をすることはなかった。

ところが、齢を重ねるうちに物忘れも激しくなってきた。常に探しものをしているのではないかと思うときがある。これではいけないと、思い切ってものを捨てることにした。

先日、カルチャーに来ている人の次のような歌に出会った。これだと思ったのである。


息子の言ふ毎日三十分片付ければは片付け下手にも納得のゆく

という歌である。一気に何ごともやろうとしても、出来るわけがない。しかし、毎日三十分すれば片付けも捗るに違いない。思うことは容易いが、実際に行うとなるとそうはいかない。とりあえず何から始めるかを決めたのである。毎日、何通かの手紙が来る。それだけではない。

各種のパンフレット等が送られてくる。これらを捨てるか捨てないかの判断をするだけでも、机上はすっきりする。即捨てる、しばらく保存、永久保存にとりあえず分けておく。後日、再点検をして捨ててよいものは捨てるようにしている。

捨つるべき捨てよといふは神のこゑ生命《いのち》は二つあるものならず　木俣　修『雪前雪後』
片付けておかねばならぬそれもまたみんな忘れて呑んでしもうた　山崎方代『こおろぎ』
ひとつずつ処理してゆかむことどもの死ぬまで続きそして死ぬらむ　大島史洋『四隣』

人から見ればごみの山かも知れないが、愛着のあるものは取っておきたいのが、人間である。しかし、木俣修の歌ではないが、「生命《いのち》は二つあるもの」ではない。山崎方代は、片付けようと思っても、みんな忘れて呑んでいるというのである。この類の人が一番多いのではないだろうか。大島史洋は真面目に考えている。片付けではないが、死ぬまで処理しなくてはならないことを繰返して生きてゆくことの儚さが感じられる。
こうした歌を思いながら、今日も届いた手紙類やパンフレットに悪戦苦闘している。

スマホ

携帯電話を初めて持ったのは、今から二十年も前になる。その頃はまだテレホンカード全盛の時代であった。テレカがあるので携帯電話の普及はそう早くはないと思っていたが、電話の仕事に関わる者として、最先端の携帯電話をもつことが要求された。最初の携帯電話は、常に持ち歩ける大きさではなかった。機能もただ通話ができるだけであった。しかし、携帯電話の進歩は急速で、あっという間に今日のような小型で多機能の電話機に変身してしまった。ガラケーと言われていた携帯電話は、今ではスマホにとって代わられている。

今日のスマホは、小型のパソコンと思ってもよいだろう。パソコンでの仕事の多くは、スマホがあればこと足りる時代でもある。話は替わるが、スマホの普及によって学生への電子辞書の売り上げが落ちているともいう。しかし、教室ではスマホは禁止されているので、なんとか生き延びているのが現状らしい。

最近では、「ポケモンGO」の勢いが止まらない。以前からさまざまなゲームソフトが配信されているが、今回の「ポケモンGO」は、配信されるや、一夜のうちに多くの人がダウンロードをしている。街には人が溢れだしている。歩きスマホの人を多く見かける。さらに今までは人の集まらなかった公園などにも、人が押し寄せている。進入禁止区域にまで、人が入り込んで迷惑をかけている。しかし、心配することはない。この現象も一過性のものであろう。
小島ゆかりの歌集『泥と青葉』から三首をひく。

スマートフォンをすべる娘の指に似て反りほのかなる茗荷を洗ふ　小島ゆかり『泥と青葉』
水に舌触るる獣の気配もてスマートフォンに指ふるる人
ひたひたとスマートフォンに指ふるる左右のひとは水のしづけさ

スマホを操作するのは、指先である。街中であろうが、車中であろうが指を滑らせている人を見かける。一昔前までは、車中で漫画本を読んでいる人が圧倒的に多かったが、今はスマホである。時代は確実に変化してきている。

数字の三

人間の記憶力には、限界がある。物ごとを三つまでは覚えるが、四つになると一つはすぐには思い出せないらしい。人それぞれによって記憶力には差があるだろうが、三という数値は切りの良い数字には違いない。

三という数値は、多くの場合に使われている。何の理由があるのか判断は付かないが、他の数値に比べて、格別に多いと言ってもよいだろう。例えば、日本三景がある。松島、天橋立、厳島神社とすぐに答えを出すことができる。実際には日本四景などはないが、日本四景なるものがあったとしたら、そのうちの一つを答えるのに戸惑うらしい。三という数値はさまざまな場面で使われている。

さらに思いつくままに例を挙げれば、三冠王、三大名瀑、三大発明、三権分立、三種の神器、御三家、三悪人ときりがない。三権分立までは、多くの人は答えてくれるだろう。『広辞苑』には「三悪道」は記載されているが三悪人は、見当たらない。三悪人は、かつて観た思い出の映画があってのことである。

その昔、「隠し砦の三悪人」なる映画があった。一九五八（昭和33）年に封切られた映画である。監督は黒澤明、主演は三船敏郎である。まだ中学生であったが、田舎の娯楽といえば映画を観に行くことくらいであった。「隠し砦の三悪人」のあらすじなどは今ではすっかり忘れてしまったが、この「三悪人」という言葉は強く印象に残っていた。

歌においても数値が使われることが多い。三とは限らないが、数値にこだわっている一人に玉城徹がいる。

枯芝のおもて広きに片寄りに五《いつ》、六人《むたり》ゐて若草むしる　玉城　徹『徒行』
ぱれっとに色置くごとくさむき夜にしるしとどむる言葉三つ、四つ
三つ二つ飛びて鴉はみるみるとひかりになりぬ春立つらしも　同『枇杷の花』
水近く鵜はゐるとりか四つ五つあひ寄るすがたくろぐろとして

玉城徹は安直に数値を使っていない。一首の中で数値をどのようにしたら生きるかを、考えている。三首目の数値の使い方も微妙である。

益子焼

かつて生家では、各地の焼物が日常生活のなかで使われていた。なかでも多かったのが益子焼である。生産地が近いということもあったが、安価ということも手軽に使える要素になっていたに違いない。主に甕や擂鉢や土瓶などの日用品が多かった。甕は梅干しを漬けるのによく使われていた。擂鉢は、胡麻を磨り潰すのに、また山芋を磨り下ろすのによく使われていた。

益子町では、春と秋に陶器市が開かれている。以前はよく足を運んだが、ここしばらくは行っていない。陶器市は、掘り出し物を見つける楽しみがある。また、値段も通常の時よりもだいぶ安価になっている。それをいいことに、使うかどうかもわからない食器類を買い込んだ時期があった。

とくに好きだったのが、水差しである。実用品として求めるのではない。形も窯元によってさまざまである。丸いものもあれば、真四角のものもある。しばらくは机辺に置いているが、欲しいと言う人があるとあげてしまって、今では気に入った一品だけが、手もとに残っている。

いまでこそ益子焼の人気は高いが、かつては単なる日用品に過ぎなかった。益子焼が広く一般に知られるようになったのは、陶芸家の浜田庄司の力によるところが大きい。日用品を芸術品にまで高めたことは、よく知られている。益子焼は独特の色遣いから、一見して益子焼とわかったが、近年は、かつての益子焼の面影は薄れている。若い作家の独創的な色彩によって、民芸風な陶器が作られているからである。子どもの頃から益子焼の色合いを知っているわたしには、少しさびしい気がしないでもない。

うす蒼き陶器の底に小寒の卵黄すこしふるへとどまる　　松坂　弘『今なら間に合ふ』
円いくつ閉づれば永遠《とは》の見ゆるかなとろろ薯摩る擂鉢の底　　春日真木子『野菜涅槃図』

小さい頃に、母がとろろ薯を磨り下ろす擂鉢が動かないように抑えていたのを思い出す。その頃の擂鉢は、洗面器ほどの大きさであった。今日では、一人用の擂鉢が重宝がられている。頻繁に使われることはなくなったが、懐かしい一品である。

能登の岩牡蠣

居酒屋に入ったら、先ずは乾杯のビールを頼む。一息ついたところでメニューを見て、抓みを頼む。たいていの店には、お勧めの一品がある。この一品というのは、お店にとっては利益が一番出るのではないかと憶測して頼むことはない。大勢の場合には、焼き鳥の盛り合わせもよいが、これからの季節には牡蠣が最高である。もちろん生牡蠣である。酒の抓みにしては、少し値は張るが味は絶品である。

牡蠣を初めて食したのは、東京に出て来てからである。海のない栃木の田舎で育ったわたしは、少年の頃には牡蠣の存在すら知らなかったのである。牡蠣は海のミルクとも言われていて、栄養価が高いことも後で知ったくらいである。

牡蠣といえば広島、宮城などの生産地が良く知られているが、わたしの忘れがたい牡蠣は、金沢で初めて食した能登の岩牡蠣である。天然もので、その大きさはふだん見ている牡蠣の四、五倍くらいはあるのではないだろうか。生で食べられるのは、一般的には〈R〉のつく月などと言われているが、能登の岩牡蠣は真夏でも生で食べられるのである。
大振りなので味の方はどうかと思ったが、ふだん食べている牡蠣と少しも変わらない。むしろ天然ものであるだけに、美味ではないかと思っている。

たつぷりと牡蠣の旨味をふふみたる土鍋の底の葱をたのしむ　　内藤　明『斧と勾玉』
手の甲は牡蠣の殻なす還暦となれどもやはきたなごころあれ　　中根　誠『広州』
不定形の牡蠣が厨房《くりや》ににほひつつすこし風ありいま誰の死後　　滝沢　亘『断腸歌集』

牡蠣は身近な食べ物だけに、さまざまな角度から歌に詠まれている。内藤は、冬の定番である牡蠣鍋を詠んでいる。生牡蠣も美味しいが、牡蠣のエキスをたっぷりと含んだ鍋の底の葱に目を付けているのも愉しい。中根の、手の甲は牡蠣のようであるとの見方は、少しの寂しさを感じさせるが、「なれどもやはき」に希望の明かりを灯している。滝沢の歌は、二人とは異質である。死の恐怖に曝されている予感さえも感じとる。滝沢は、同門の先輩であった。

忘れ得ぬ人

歌誌「ヤママユ」を毎号頂いている。四十六号の萩岡良博さんの文章「悼　前いつみさん」で、前登志夫氏の長女の前いつみさんが亡くなったことを知った。病気で加療中であったが、六月六日に亡くなられたとのことである。享年四十五というまことに早い旅立ちであった。いつみさんとは、一度しかお会いしたことがない。お会いしたのは、今から十一年前である。

二〇〇五（平成17）年に前登志夫は、『鳥總立』によって第四十六回毎日芸術賞を文学部門で受賞している。この授賞式が、同年の一月二十八日にパレスホテルにて行われている。この折に、いつみさんと初めてお会いしている。前さんが目に入れても痛くないという、娘さんであった。前さんの秘書のような仕事をしていたが、この日ばかりは前さんの体調を心配して、娘になりきっていたようにも見受けられた。

お酒が好きな前さんは、二次会で歌の仲間と話ができるのをいつも楽しみにしていた。この日も、同ホテルの十階で二次会が開かれた。この頃の前さんは、体調もあまり良くなかったのか、お酒をだいぶ控えていたようだ。それでも集まった人たちとは楽しく談笑していたのを記憶している。
今号の「ヤママユ」には、いつみさんを悼む歌が多く見られる。

笹百合の土手を越ゆれば吊橋に父なる人の待ちてゐるらむ　榎　幸子
夕ちかき中千本のしづけさに言葉交はさず花ながめゐき　喜夛隆子
いつみさんのうたごゑ聞こえくるけはひ夏野をゆけば夕虹あがる　小谷陽子

前さんが、いつみさんを詠んだ歌の多くを、萩岡さんが文中で紹介している。

神の嫁となりてしまふやわがむすめ父の憂ひのすべてを知れり　前登志夫『大空の干瀬』
われ亡くばいかに生きむか木に遊ぶ鳥にものいふをさなごころは　同　『野生の聲』

たった一度しかお会いしたことがなかったいつみさんの、ご冥福を祈りたい。吉野の山中は、冬の到来も早いのだろう。

紅梅の花の咲く頃

梅の花の咲く頃になると、亡くなった小高賢を思い出す。小高が亡くなったのは、二〇一四年二月十日。十三日に通夜、十四日に告別式が執り行われた。両日とも寒い日であった。とくに告別式の日は大雪であった。馬場あき子さんの最新歌集『渾沌の鬱』には、小高を悼む歌が収められている。

うそのやうに小高賢すつとゐなくなり雪しんしんと本所両国
あつと息呑み立ち上がりきく小高の死卓上の朝茶倒し声なし
大雪が埋めゆく歳月あるやうな中にみづみづと故人ほほゐむ
馬場あき子『渾沌の鬱』

小高が亡くなったとの報せを受けたが、誰一人として急逝を信じることはできなかった。小高とのつき合いは、四十年近くに及んだ。特にわたしが歌集『喬木』を出した時には、出版記念会の司会までお願いしている。彼のおかげで、馬場あき子さんにも出席して頂いている。

小高とは、現代歌人協会の理事会で毎月会ってはいたが、それとは別に月に一度は会う機会があった。小高が亡くなる一年くらい前から、気のおけない仲間でお酒を呑みながら歌の話をするためである。前年の十一月には、合羽橋のフグ料理の店で呑んで大いに盛り上がっている。このときも小高は元気だった。フグ料理などはなかなか食することはできないが、さすがに小高だけは何度か味わっているとのことであった。

亡くなった翌年の三月に、小高の墓所のある白金台の常光寺を訪れた。不慣れなところなので、寺の近くまで車で行った。白金台の一郭には、お寺が幾つかあることを初めて知った。常光寺の門をくぐると、紅梅が咲いていた。小高の墓がなかなか見つからない。亡くなって一年もたっているが、新しい卒塔婆のある墓を探せばよいことに気づき、ようやく小高に会うことができた。

しばらく小高のお墓に行っていない。今年は、何としても常光寺に行こうと思っている。できれば紅梅の満開のときがよい。寂しがり屋で口の悪い小高の声を、じっくりと聞こうと思っている。

車卒業

車に乗り始めてから五十年になる。何れは免許証を返納しなくてはと思ってはいたが、二月の初めに思い切って車に頼る生活から卒業することにした。身の安全を考えて、大きい方が良いだろうとの思いから、最初から最後までトヨタのクラウンを利用していた。今回手放したのは何代目のクラウンになるかは、はっきりしない。最後に乗っていたのは、クラウンマジェスタである。同じクラウンでも車幅が広いので、乗り心地は最高であった。排気量も大きいので馬力もあり、高速を走るのには申し分なかった。

車がなくても生活に支障をきたさないと連れ合いは常々言っていたが、いつでも動かすことのできる車が手もとにあると、何かと便利であったことは間違いない。とくに助かったのは、高齢の母の元にいつでも駆け付けられたということであった。実際、亡くなる少し前には、何度も故里に帰っている。真夜中や早朝に東北道を往復したことも、いまでは懐かしい思い出になってしまった。

車検を昨年の十二月に取ったばかりなのに、なぜ車を止《や》めるのかと何人かに聞かれた。確かにそうだろう。このさき何年か乗れる車を手放すのだから、何かあったのではと、不審に思われても何ら不思議なことではない。正直なところあと二年は乗りたいと思っていたが、取り返しのつかない事故でも起こしてからでは遅い。そう思ったら決心することができた。

次々に走り過ぎ行く自動車の運転する人みな前を向く　　奥村晃作『三齢幼虫』
信号の青となる確率はかりつつアクセルをふむ雨のバイパス　　大畑悳子『夏の緩徐曲《アンダンテ》』
正確に日は過ぎゆけりバックミラー昨日と違ふ入り日をうつす　　青木陽子『れくいえむ』

車を詠んだ歌は多い。一首目は、奥村晃作の代表歌。前を向かないで運転する人はいないだろう。二首目の「信号の青となる確率はかりつつ」は、運転する人の多くが体験していることではないだろうか。三首目、バックミラーに映っている入り日が昨日とは違っていることに気がついたところが新鮮である。車を手放しても、車の歌を詠んでいきたい。

運転免許証返納

車を手放した後の、運転免許証をどうしようかと迷っていた。長年使っていた運転免許証だけに、返納するには惜しいという気持ちが強く働いたからである。何かの折には、また車を運転することがあるのではないかと、思ってのことである。しばらく思案していたが、思い切って運転免許証を返納した。

運転免許証を手にしたのは、一九七〇（昭和45）年であった。上京して都心に住んでいたので、車を運転するとは想像もしなかった。しかし、所沢に引っ越すことが決まってからは、必要になってしまった。いまでこそバスの便もよいが、五十年近く前の所沢の住まいは、どこに出かけるのにも車がなければ生活するのには不便であった。転居が決まって、早急に免許を取るために、毎日のように教習所に通うことになった。教習所が勤め先の近くであったので、一時から三時までの時間休暇を取っては通い詰めた。自動車の歌は多いが、免許証返納の歌はなかなか見つからない。高齢者の免許証返納が多くなっているので、これからは、詠まれるのではないだろうか。

水の辺にからくれなゐの自動車《くるま》きて烟のやうな少女を降ろす　松平修文『水村』
野球部から塾へハシゴをする息子後部座席に眠るをはこぶ　米川千嘉子『滝と流星』
交差点に入り来し大型輸送車の関節はづすごとくに曲がる　鶴岡美代子『緑風抱卵』

一首目は、目にした情景である。「からくれなゐの」が効果的である。詩的な世界が見事に捉えられている。二首目は、現実的な歌である。子育ての一場面が生き生きと描写されている。三首目は、交差点での大型車の曲がるところをよく見ている。「関節はづすごとくに曲がる」の比喩が特異である。
運転免許証を返納して、「運転経歴証明書」を手にした。この証明書には、朱書きで「自動車等の運転はできません」と書かれている。間違って運転をしてしまう人がいるらしい。しばらくは不便を感じそうだが、車のない生活にも徐々に慣れつつある。

全地球測位システム

「全地球測位システム」などと言うと、何かと思うだろう。ＧＰＳといえば、一度は耳にしたことがあるのではないだろうか。最近、しきりにＧＰＳという言葉を耳にする。というのは、裁判所の令状をとらずに警察が捜査対象者の車にＧＰＳ端末を設置して行動を監視していたことに、裁判所が違法との判断を下したことによる。

ＧＰＳ端末は、スマホなどにも付けられている。山などで遭難した時に、持っていたスマホのＧＰＳ端末によって位置を確認することができて、救助された例もある。子どもにスマホを持たせた親が、子どもの行動を監視することもできる。

ＧＰＳに限らず、街中には監視カメラがいたる所についている。プライバシーはないものと思った方がよさそうだ。便利には違いないが、使われ方によっては、行動が監視されているので、気味が悪いとも言えるだろう。使い方を間違えないことを願いたい。

わたしの使っているカメラにも、ＧＰＳ端末がついている。写真を写した日時や時間は通常データとして残されているが、ＧＰＳ端末を設定すれば、写真を写した場所がデータとして残ってしまう。もちろん、勝手にＧＰＳ端末が働くわけではない。必要に応じて端末を働かせれば、データは残せるのである。

報道のカメラの前を仮面なき我らつぎつぎ写されてゆく　高野公彦『水木』
きみと並び写りいる写真の後方に物売る老婆も写りておりぬ　浜田康敬『望郷篇』

一首目。肖像権もあるにはあるが、カメラマンはいちいち断っていては、特ダネになるような写真は撮れないだろう。「仮面なき」作者は、白日の下にさらされているのも同然である。

二首目。ツーショットを期待していたわけではないだろうが、できあがった写真の背後には、思いもよらぬ人の姿が写っていたのである。同じような体験をした人は多いと思われる。

わたしもよく写真を撮るが、本来なら被写体になる人には了解を得るべきなのだろう。今までの常識が通用しにくい時代になってきている。プライバシーが気になるこの頃である。

草柳繁一氏を悼む

四月十七日、草柳繁一さんが亡くなられたことを、家族が電話で知らせてくれた。九十五歳であった。草柳さんは短歌界では、知る人ぞ知るという歌人であった。略歴を簡単に記すと、若い頃に宮柊二を中心とした「一叢会」に加わる。また、金子一秋、岡部桂一郎、片山貞美、葛原繁、三木アヤらと同人誌「泥」を発行している。
歌集は『胡麻よ、ひらけ』一冊のみであるが、作品は個性的であり、宮柊二が絶賛したと言われている。

夥しき木の葉をからだより落し嗟《ああ》死ぬ死んだ死んでしまった　草柳繁一『胡麻よ、ひらけ』
わがこころこのごろ頓《とみ》に衰弱しうかぶ想念も啻《ただ》ならぬかな
草柳繁一《くさやなぎしげいち》汝は毀れし甕水涸れし井戸病める膀胱

これらの作品から想像しても、既成の短歌観に縛られることなく、自在に詠んでいることがわかるだろう。草柳さんは結社に所属することはなく、短歌界では自由にものを言ってくれる人であった。とくに若い人たちの作品には、的確なアドバイスをしてくれた。

　わたしは草柳さんに、個人的にも大変お世話になっている。企業人としても重要なポストにいて忙しいとは思いながら、わたしが第二歌集の『昊天』を出すときに、解説を書いて頂いている。ただ解説だけではなくて、作品にもアドバイスを頂いている。

　楽しい、そして愉快な思い出も多い。あるとき食事に誘われたことがある。草柳さんは全日空に勤めていたが、その子会社であるファミレスの「アニーズ」の社長に就任したことがある。食事に誘われたのは、もちろん「アニーズ」である。ユーモアたっぷりの草柳さんらしく、「おれ社長」と従業員に語りかけている。その言葉に、従業員がキョトンとしたのは言うまでもない。まさか社長が店に来るとは思いもしなかったのだろう。

「現代短歌を評論する会」の常連でもあったので、会の後に中野で呑むことも多かった。鎌倉で金子一秋さんに引き合わせてくれたのも、草柳さんであった。「朔日」の刊行を喜んでくれた一人でもあった。『胡麻よ、ひらけ』を前にして今は、ご冥福を祈るしかない。有難うございました。

薬

高齢者の多くは、薬の世話になっている。御多分にもれず、わたしもお世話になっている。不思議なもので薬を飲んでいると、効果は別にしても安心できるのである。最近はできるだけ薬の種類を少なくしようと頑張っているが、医者は人の話をあまり聞かないで処方箋を出しているようだ。

いくつかの週刊誌で、この薬だけはやめた方がよいという特集が組まれたことがある。その中に、わたしの呑んでいる薬があったので医師に相談すると、副作用がなければ続けてもよいでしょうとのことであった。無責任極まりないと思いながらも、医師の言葉には逆らうことができない。

薬をときどき呑み忘れる。半年もたつと一か月分もの呑み残しがでてしまう。連れ合いに言わせれば、呑み忘れるような薬は、呑まない方がよいらしい。捨てるに困っていると、薬局に張り紙があるのを見つけた。「呑み残しの薬はありませんか。ありましたらご持参下さい」というものであった。わたしだけでなく、何人もが、呑み残しをしていることが、これでわかった。

錠剤をふたつに割りて呑まんとすおそれつつ呑むその半分を　　沖ななも『白湯』
ひと粒の薬を口にふくみつつふと瞑目す　わがひとりなり

「北冬」という雑誌の十七号で、「わたしの気になる『沖ななも』」という特集が組まれている。その特集に、わたしは先にあげた作品に次のようなコメントを寄せている。

一錠の薬では効きすぎる。間違って呑むことによって死に至るかも知れない。「おそれつつ」は薬に頼りがちな人への警告とも受け取れよう。

日本人くらい薬が好きな国民はいないらしい。食事の量よりも、薬の量が多いのではないかと思われる人もいるようだ。薬を信じてのことだろう。かつて製薬会社に勤めていた歌人の、「何があっても、薬は飲まない」との言葉がある。薬は病を治す効果はあるものの、一つ間違えば死に至ることもあるからだ。心して薬は呑みたいものである。

地震雷火事親爺

「地震雷火事親爺」は、怖いものを譬えるときに、よく使われている言葉である。いつ発生するか分からない地震の怖さは言うまでもない。地震予知をスマホで知らせてくれるが、即座に対応することは不可能である。「火事」は細心の注意を払えば防げることである。最後に「親爺」がついているが、最近では怖いものと思っている人は少ないだろう。親爺の権威は下がるばかりである。

この中でわたしが一番怖いのは、二番目の「雷」である。神鳴りとも言われているくらいで、小さい頃から神の怒りではないかと思っている。なにしろ田舎では「雷《らい》さま」というくらい崇高なものである。生まれ育った栃木県は、雷のもっとも起こりやすい土地でもある。雷の発生は地形にも関係があるらしいが、詳しいことは分からない。夏場はとくに雷が発生する。子どもの頃は雷の音が聞こえたら、貝独楽《べいごま》もやめて家に帰ったものである。もしも家まで帰れない時には、どこの家でもよいから飛び込めと言われていた。今住んでいる所沢も雷が多い。散歩をしていても、遠くで雷鳴がしていると急ぎ足になる。連れ合いからは、大丈夫と言われても、わたしは聞く耳を持たないで、一目散に家に帰ることにしている。

夏終る夜の高空《たかぞら》に雷《らい》鳴れりくらやみに鳴る音は寂しも　宮　柊二『獨石馬』
雷わたる夜のしずかさ涙ぐむまでに透明の瓶《へい》に水満つ　石田比呂志『琅玕』
遠雷のしばしば鳴りてゐたれども虹を形見におきて去りたり　藤井常世『夜半楽』
稲妻は海の闇よりひらめきて吹かるる浜の草しろく見ゆ　東　長二『篇浄』

雷は多くの人に詠まれている。いつ落ちるかも分からない怖いものなのに、歌の場合は神秘的な世界を垣間見せている。一首目のような「寂しも」という感じをわたしは一度も経験したことがない。雷が鳴ると、蚊帳の中に閉じこもっていたのだ。二首目は「涙ぐむまでに」に作者の主観が表白されていよう。三首目は、雷の去った後を詠んでいる。「虹を形見に」に独自の視点が見られる。四首目は、閃光によって白く照らし出される草が象徴的である。
これから雷のシーズンを迎える。しばらくは遠出の散歩は控えることにしている。人は見かけによらないと言うが、雷が怖いのである。

彦根・清涼寺

今年の朔日全国研究集会は、彦根で行われた。今回は、研究集会の前日に彦根に行くことが決まっていたので、何としても清涼寺を訪ねたいと思った。

清涼寺は、彦根藩主の井伊家と井伊家に仕えた家臣の菩提寺でもある。城代家老の末裔である木俣家の墓があってもおかしくはない。彦根の墓を訪ねるのはもちろん初めてである。ネットで調べてみると、境内には自由に入れるが、本堂や墓地には許可がなくては入れないとある。せっかく訪ねるのに、墓所に入れなくては意味がない。そこで、木俣奈津さんの力を借りることにした。奈津さんは「朔日」の会員である。ときどき清涼寺を訪ねていることを聞いていたのでお願いをすると、さっそく清涼寺との橋渡しをしてくれた。

清涼寺を訪ねると、寺の奥方が普段は立ち入ることのできない本堂や、井伊家家臣の位牌を収めているところなどを案内してくれた。寺の建物を一通り案内して頂いた後に、木俣家の墓地に向かった。墓地の中央には、木俣修先生の両親である本宗と雅の墓が祀られていた。この墓地には、修の先妻で若くして亡くなった志ま子の墓がある。
リラの花卓《つくゑ》のうへに匂ふさへ五月《さつき》はかなし汝《なれ》に会はずして　木俣　修『みちのく』
その日までいま幾日《いくひ》とぞ問ひつめて今夜《こよひ》の汝《なれ》の瞳《め》は燃えんとす
と詠まれた志ま子であったが、一九四一（昭和16）年十二月十四日に三十歳で急逝。志ま子の墓は、木俣家の墓地の一郭にひっそり建っていた。すでに八十年近くの歳月を経ている墓碑の裏側には、
蛍火《ほたるび》の夜《よは》の蘆生に息づくを愛しみ言ひし清き面《おも》はも　木俣　修『凍天遠慕』
の一首が刻まれている。同時作に、「春蟬のはや啼きそめてこの墓地は木々の若葉のうつくしき風」がある。修が訪れたのは「木々の若葉の」頃である。清涼寺は、佐和山の麓にあり、山の木々が借景となって趣を添えている。訪れたのは夏の暑い日であったが、蟬の声を聞いていると、時間が一気に遥か昔に戻っていくような感じがしてならなかった。

八龍神社

故里は懐かしい。わたしが生まれた頃は、瑞穂村という小さな村であった。その後、町村合併によって大平町となり、さらに平成の大合併によって栃木市となった。栃木市と名前は変わっても、故里には市街地があるわけではない。生まれた頃と少しも変わらぬ農村地帯である。夜ともなれば、街灯がぽつりと道筋に灯っているに過ぎない。過疎に近い田園地帯と言ってもよいだろう。

村には今でも神社が残っている。子どもの頃は、春と夏の祭りが楽しみであった。神社には、数十本の桜があり、祭りの時季には、満開の桜の下に出店がたくさん並んだものである。神社には舞台があり、秋の祭りには里神楽が毎年行われていた。当然のことではあるが、神が祀られていて、その神は龍であると伝えられていた。八龍と言うので、八つの頭をもった龍であるに違いないと、子どもの頃から思っていた。しかし、村人の誰もが、その姿を見たことがなかった。おそらく父も見たことがないだろうと思いながらも、思い切って父に訊ねたことがある。

父は人を憚るようにして、祀られている八龍を見たと言うではないか。そのときの驚きは、今でも忘れることができない。今となれば父の放言かも知れないと思うが、その時は、父はなぜ見てはならない八龍を見ることができたのかと思えてならなかった。

草むらに息づきふかし谷蟆《たにぐく》よわたくしの帰る村はあるのか　前登志夫『鳥獣蟲魚』

折りたたみ傘をたたんでゆくように汽車のりかえてふるさとに着く　俵　万智『かぜのてのひら』

何年ぶりかで神社を訪ねてみると、当時の桜の木はまったくない。もちろん里神楽が行われた舞台もない。子どもたちの遊び場としての遊具が境内に備えられていて、昔の面影はまったくない。故里を離れて半世紀も経てば当然のことではあるが、なにかさびしい感じがしてならなかった。感傷的になるのは、故里を離れた者だからだろうか。最近は帰省することも少なくなってしまったが、それでも帰る故里があることを有り難いと思っている。

うさぎ

生き物を飼うことによって、心が癒されるという。わが家でも、子どもが小さい頃には猫を飼っていた。生き物を飼うとなれば、ただでさえ忙しい生活のリズムが崩れないかとの不安があった。しかし、猫の世話は必ずすると子どもたちに懇願されれば、飼わないわけにはいかなかった。最初のうちは甲斐甲斐しく世話をしていたが、やがて子どもたちは家を出てしまい、世話をするのはわたしと連れ合いの役目となってしまった。

わたしも子どもの頃に生き物を飼っていたことがある。猫ではなくて、わたしの飼っていたのは兎である。当時は林檎箱に金網を張って、兎小屋を作ったものである。手作りなので、ときどき逃げられたりしたこともある。飼う兎は、必ず雌と決めていた。子どもながらに、生まれた兎の子を友だちに捌こうとしていたのである。はっきり言えば、利殖を考えていたのである。

仲間には、種付け用の雄の兎を飼っていた友だちがいた。種付けは只《ただ》であるが、子どもが生まれたら必ず一匹を代償としてあげるという、暗黙の了解があった。出産が近くなると、兎は巣作りを始める。敷き藁を小さく噛み切って、トンネルのような形状の巣をつくる。いよいよ出産となると、巣の中をやわらかい毛で覆うようにする。兎は一度に二匹から五、六匹の子どもを生む。生まれたばかりの子どもは、まるで食べ物のタラコを思わせるように、ふにゃふにゃとしていた。最近、歌人で兎を飼う人が増えている。吉川宏志歌集『鳥の見しもの』には、兎を詠んだ歌が何首か収められている。

涙ぐむこと多くなりし娘《こ》のためにドワーフといううさぎを買いぬ

するすると乾し草短くなりてゆきうさぎの口のなかに消えたり
やわらかな耳投げ出してねむりいるうさぎを見つつ娘も眠る
ふくらめるうさぎの冬の毛のなかにわが指を入れ心音に触る

吉川宏志『鳥の見しもの』

今は家の中で兎は大事に飼われていることがわかった。わたしも飼いたいと思ったが、わたしよりも兎が長生きをした時のことを考えて躊躇している。

唱歌と童謡

家で仕事をしている時は、一日中NHK・FM放送を聴いていることが多い。連れ合いは、仕事に集中できないだろうというが、そんなことはない。たいていはクラシック音楽を聴いているが、歌劇などの時間になるとチャンネルを替えることがある。あの金切り声を聴いていると、考えが纏まらなくなるからである。

ある日のこと、ラジオの番組表を見ていたらNHK第一の「メロディーの向こうに」というのが目に入った。何の番組かと思ったら、唱歌や童謡を紹介する番組であった。歌だけを聴かせるのではなくて、歌の背景を紹介してくれる一時間ほどの番組であった。子どもの頃に何の考えもなく歌っていた、野口雨情作詞、中山晋平作曲の「シャボン玉」の歌詞の「シャボン玉消えた」は、間引きで死んだ子どもを歌ったと言われている。また、童謡の「汽車ポッポ」は、誕生当時は「兵隊さんの汽車ポッポ」という題名であった。「われは海の子」などは、今は三番までしか歌われていない。実際は七番まであるが、今は歌われていない。

かなり前になるが、『本当は怖いグリム童話』という本が話題になった。これと同様に、唱歌や童謡の背景には知られざる深い事情があることを、多くの視聴者は知ることができたのではないだろうか。実は、これら唱歌や童謡の背景についてわたしは、手もとにある『唱歌・童話ものがたり』（岩波新書）ですでに知っていたのである。

塵ほどのダイヤのひかり曳きながら傷ふかめゆく朝のレコード　上村典子『草上のカヌー』
英明のねむり誘ふとわがうたふ鉄道唱歌も終りまで知らず　松村英一『落葉の中を行く』

今やCDが全盛である。レコードは廃れつつあるが、根強い愛好者がいるという。「鉄道唱歌」の正式な名称は「地理教育鉄道唱歌」で、「第一集　東海道」から「第五集　関西・参宮・南海各線」を合わせたものが「鉄道唱歌」である。とてつもなく長く、五集で三三四節になるという。とても覚えられるものではない。今では唱歌も童謡も歌うことは稀ではあるが、歌詞の背景の複雑な事情を知ってしまってからは、二度と歌いたくない歌もある。

保険

勤めていたころは、いくつかの生命保険に加入していた。退職をしてからも、しばらくは掛け金を払い続けていた。保険に入ってさえいれば安心という気持ちがあってのことである。たしかに安心料と思えば掛け金も惜しくはなかったが、いつの日かこのまま死ぬまで掛け金を払い続けるのが馬鹿らしくなってしまった。もう先が短いということもあるが、何かがあったとしても、何とかなるという気持ちが働いてのことである。近年、すべての生命保険を解約した。何十年と掛け金を払い続けていたが、解約金として手元に戻ったのは百万円にも満たなかった。

もしものことがあったらと心配してくれる人もいるが、連れ合いは少しも心配していない。もちろん、連れ合いは生命保険には入ったことがない。ある程度の貯蓄があれば、あとは何とかなるというのである。

生命保険は解約したが、一つだけ入っている保険がある。火災保険である。家を建てたときに強制的に入らされた保険であるから、かれこれ五十年近く掛け金を払い続けている。こちらは、解約することはできない。気をつければ火災は防げるが、天災はどうにもならない。もちろん掛け金は掛け捨てである。長いこと車を運転していたので、任意保険に入っていたが、車をやめたことでこちらも解約をした。

はつなつのゆふべひたひを光らせて保険屋が遠き死を賣りにくる　塚本邦雄『日本人靈歌』
みどり児を盥に洗ひゐるにあふ朝早く預金勧誘に来て　逸見喜久雄『白き風』

一首目は、塚本邦雄の人口に膾炙する一首である。安心を売る保険であるが、「死を賣りにくる」というところが、読者を捉えて離さない作品になったのであろう。二首目は、長く金融関係の仕事をしていた作者ならではの作品である。勧誘は保険屋の仕事でもある。
かつて勤めていたころには、毎日のように保険屋さんが職場に顔を出していた。男ばかりの職場であったので、保険屋さんはもちろん女性。しかも若い女性。女性に勧められれば、一つくらい入ってもいいかと、後々のことなど考えないで契約してしまう。わたしもこの手で加入してしまった一人である。

苦手なもの

苦手なものは、一生苦手なままで終わってしまうような気がしてならない。だからといって、苦手なものに今さら挑戦しようという気持ちも、さらさらない。

何が苦手といって、数学くらい苦手なものはなかった。高校では、数Ⅰと数Ⅱと幾何は必須科目であったので、仕方なく取り組んだが、正直言って、まるっきりわからなかった。授業を受けながらも、こんなものが社会に出て役に立つことはあるまいと、高を括っていた。

そんなわけで、テストとなれば零点を越えることはなかった。もっとも大学入試のような問題ばかりなので、クラスの半数が零点というときもあり、別に絶望感を味わうこともなかった。常に赤点ぎりぎりで、よくも卒業できたと今でも思っている。

数学を疎かにしていたばかりに、最初に困ったのは、会社に入ってからである。技術系の仕事を選んだので、入社後の二か月の訓練には数学と電気理論の授業があったのである。電気理論はなんとかこなすことができたが、数学には手も足もでなかった。それでも周りの仲間に助けられて、何とか訓練を終了することができた。この時ほど、もつべきは友であることを思い知らされたことはない。

ワイシャツの袖口の汚れが気になりて数式一つがいつまでも解けず　吉村睦人『吹雪く尾根』
早春のなほはるかなる未知として方程式のXとY　小島ゆかり『エトピリカ』
いまになほ因数分解はたのしきものぞからころりんと音がして解けぬ　小池　光『静物』

数学の歌などある筈がないと思っていたが、詠む人はいるものである。もっとも小池さんは物理の教師と聞いているので、数学の授業が楽しかったのではないだろうか。小島さんの方程式であるが、一次と二次方程式があったと記憶しているが、どのようなものであったかは、頭の片隅にも残っていない。Σなどという記号も、数学の時間に聞いたことだけは覚えておけと教師からは言われていた。今やパソコンも電卓もある。苦手な計算などは、ＯＡ機器に任せることにしている。ＯＡ機器がなかったら、恐らく生きていけないだろう。

染井吉野

日本では、国花は公式には決められていない。辞書を繙くと、桜と菊と記されている。その桜の花を近いうちに見ることができなくなるのではと、しきりに言われている。桜にも寿命があるからだ。見られなくなると言われているのは、染井吉野である。山桜などよりも華やかな染井吉野は、花見にはうってつけの花である。もっとも日本人好みの花でもある。

この染井吉野の寿命は、六十年と言われている。四十年くらいで樹勢はピークを迎えて、その後は樹の勢いは衰えはじめてしまうらしい。以前からの山桜に替わって、長いあいだ花見の主役を守っていたが、ここにきて主役の座どころか、絶滅の危機を迎えている。

六十年という寿命は、難しいことは分からないが、染井吉野が接ぎ穂で増やされた同一のクローンであることが、起因しているとのことである。


花の渦小さく捲きて地にひくく移りゆく風の行方を知らず　　尾崎左永子『さくら』

ともかくもこの夜眠らんわれのため夢のうちにも花は散るべし
夏蟬の声集ひゐるさくらの木時に黄ばめる葉を散りこぼす
うすあをき御衣黄《ぎよいくわう》といふ桜花にて花びら重く雨をふくみつ

尾崎さんの歌集『さくら』は、一冊が桜の歌で埋め尽くされている。四首目の御衣黄桜は家の近くにあるので、染井吉野の後に咲く桜として、毎年楽しみにしている。満開の桜もよいが、散りぎわの桜は何故か若き日への郷愁にかられる。

わたしの通った小学校には、校庭を取り囲むように桜の木が植えられていた。かつては四月の十日前後が花の見ごろであり、新入生を歓迎する言葉には必ず桜の花が添えられていた。故里に帰って近隣を歩いても、かつての桜の木はないので、校庭の桜も今はもう見ることができないのではないかと思っている。

寿命六十年の桜の滅びるのが先か、わたしの寿命の尽きるのが先か。莫迦なことを考えながら、毎年桜の開花を待っている。

木俣修生誕一〇〇年記念の会

毎年春が近づくと、豪徳寺の桜は何時ごろ見ごろになるのかと気をもんでいたが、今年は気にしなくても済みそうだ。長年続いた木俣修忌は、ご遺族の意向もあり昨年をもって終了した。それでも桜の開花の頃になると、豪徳寺に行きたくなってしまう。

片付けものをしていたら、「木俣修生誕一〇〇年記念の会」の時の資料が出てきた。会は二〇〇六年四月八日に行われた。当日の講演を、吉野昌夫、小島ゆかりの両氏にお願いしたことが記されている。さらに、「歌曲　木俣修の歌」の発表が行われている。

生誕の会には二百名を越える多くの方の出席を得たが、すでに何人かの方が鬼籍に入られている。そのうちの一人である宮英子氏、さらに小高賢氏のスピーチは今でも忘れがたい。

資料を捨てないわたしの手元には、当日の座席表や会に頂いたご芳志の一覧表まで残されている。そのようなものまで保存しているのかと思われるが、性分だから仕方がない。

吉野昌夫氏は、「木俣修晩年の秀歌50首」の題目で、カロリーの図表閲してゐる汝が前ああ鶏のひと塊《くれ》青葉のひと束　木俣　修『雪前雪後』
活けゆきし沈丁花に胸うるほへどまた病室の長き夜は来む　同『昏々明々』
の作品、とくに妻を詠んだ歌を引いて話をされている。小島ゆかり氏は、「五十年後に読む木俣修」の中で、次のような作品を示しているが、破調の歌などについての話も忘れがたい。
いづくよりともなく来る水は灰燼にしみわたりゆき音さへもなし　木俣　修『冬暦』
迫力のなくなれる声などといふなかれひとつふたつ歯の欠けたるゆゑぞ　同『昏々明々』
その折の記録は「朔日」誌上でも紹介しているが、当日の様子はすべて録音してCDに収めてある。懐かしくなって、ときどき聞くこともある。吉野氏の熱のこもった甲高い声を聞くと、最後の力をふり絞って話をなされたのではないかと思われる。木俣先生をもっとも大事にする一人として、務めを果たさねばという強い気概を感じてならない。

あなたは犬派、それとも猫派

古いことになるが、猫のことで忘れられない話を思い出す。なかでも知られているのが「たま駅長」である。「たま」が和歌山電鉄貴志川線の貴志駅の駅長に任命されてからというもの、乗客数も増えたという。残念ながら「たま」は亡くなったが、葬儀は電鉄の社葬として執り行われている。ファンをふくめて三千人の参列者があったというから、驚きである。今では二代目の「よんたま」が、駅長を務めているとのことである。

かつてペットは犬が断然多かったが、ここにきて猫の方が数を増している。読売新聞（三月五日）の紙面では、二〇一七年の犬猫の飼育数は、猫が九五三万匹、犬が八九二万匹という。犬猫合わせて、一八四五万匹、日本の十五歳未満の人口が一五七一万人だから、子どもよりもペットの数が多いことになる。

犬が好きか、猫が好きかという話で盛り上がるときもあるが、猫派もいれば犬派もいる。犬は飼い主に似るそうだが、媚《こび》を売るような態度がわたしは気に入らない。それに比べると猫は飼い主の意のままには、なり難い。しかも都合のよい時にだけ甘えてくる。寒い時などは、膝の上に来ては、眠りこけている。
短歌総合誌でも猫や犬は特集になるらしい。犬派の人には申し訳ないが、「現代短歌」（二〇一六・十）に宮本永子の「猫のうた一〇〇首選」がある。その中から何首かをあげることにする。

路地をゆく猫はいつでも長旅の途中のごとし春の夜はなほ　栗木京子『けむり水晶』
猫仰ぎわれも仰ぎぬ雨ばれの木群の枝の青き芽立ちを　阿木津英『黄鳥』
この家が世界のすべてわが猫は雪降る外を窓として見る　田宮朋子『一滴の海』

栗木さんの歌は、路地で出会った猫。「長旅の途中のごとし」によって、猫との親近感も深まるようだ。阿木津さんは、大の猫好きと言われている。猫と一体になっている印象が強い。田宮さんの歌。結句の「窓として見る」に作者らしい視点がある。わが家の猫はすでに亡くなっているが、猫好きなわたしには、猫の歌は飽きることがない。

内田康夫氏逝く

「浅見光彦シリーズ」で知られているミステリー作家の内田康夫氏が、三月十三日に亡くなられた。その小説を読んだことがない人でも、テレビドラマなどを見ていればミステリー作家の第一人者であることは知っているのではないだろうか。

実はわたしも内田康夫氏の名は知っていたが、著作は一冊しか読んでいない。ミステリー小説には興味がないのだから、仕方がない。一冊の本とは、『日光殺人事件』である。「旅情ミステリー」シリーズの第七作である。何でそのような本をと思われる方がいるかも知れないが、木俣修先生の墓参の折に豪徳寺である人から頂いたのである。

あらすじは、日光で失踪した牧場主の車だけが山形の日向川《にっこうがわ》で発見され、二年後には華厳の滝で白骨死体が発見されたというのである。名探偵、浅見光彦がその謎を解くという、興味ある内容であった。

この本の第四章に「三十一文字《みそひともじ》の謎」というのがある。内田氏は「日光」と歌誌の「日光」

を関連付けて事件を解く鍵を見事に綴っている。「日光」は北原白秋創刊の雑誌である。文中では「日光」を手に取りたくて国立国会図書館や日比谷図書館にまで足を運んでいる記述があるが、そのいきさつも詳しく書かれている。当然のことながら、内田氏本人が足を運んでいるのである。文中に、
ところで日比谷図書館の司書はきわめて親切だった。「日光のことを調べるなら、まずこの本を読みなさい」と言って、木俣修（1906〜1983年）という人物が書いた「大正短歌史」を出してきた。それには大正歌壇に『日光』が登場する経緯について、かなり詳しく述べているはずだというのである。
「日光」創刊による当時の短歌界の現状も詳しく書かれている。石原純、古泉千樫、折口信夫、さらには現代短歌にまで話は及び、俵万智までが登場する。
内田氏が亡くなる前には短歌を詠んでいたことを耳に挟んだ。小説は書けなくても、短歌なら詠めると思ったのではないか。氏の小説よりも、短歌を読んでみたいと言ったら不謹慎であろうか。

長島三兄弟

長島三兄弟。長島一道、蛎、一真はわたしの二十代の強烈な印象として残っている。三兄弟の父は、行雲、母は、寿子。ともに歌人であり歌集も刊行している。一道さんは同じ「形成」に所属していたこともあって、いちばん多く会っている。蛎さんとは、多くは会うことがなかった。一真さんは、今や大下一真として短歌界での活躍は多くの人の知るところである。

この度、蛎さんの歌集『寡黙な鳥』が現代短歌社より、第一歌集文庫として刊行された。『寡黙な鳥』は一九六九（昭和44）年に遺歌集として刊行されている。今から半世紀近く前のことである。作者である蛎さんは、同年の一月七日に殉職している。

蛎さんと親しくなったのは、彼が在学していた東洋大学での講演会がきっかけとなっている。蛎さんは主催者として講演会には木俣修を演者に頼んでいたので、多くの人を集めなければならなかったらしい。夕方からの講演会であったが、最初は会場に空席が見られた。

当然のことながら、木俣修は不満を漏らした。焦った蛎さんは、学内を飛び回って短歌とは無縁のような人を多く集めてきた。講演が終わるころには、会場は満席になっていた。

講演会が終わってから、近くの居酒屋で打ち上げが行われた。もちろん木俣修も参加しているが、蛎さんが所属していた「香蘭」の主宰者である、村野次郎氏も同席している。蛎さんから頂いた「斜塔」は今でもわが家の書庫に収められている。一九六四（昭和39）年に滝澤亘によって刊行された「日本抒情派」七月号には、

つきつめて思うに所詮異端なり深き眠りを希い灯を消す
序曲とも終曲ともつかぬ旋律の胸に鳴りつつ人に逢いたし
我が裡に我が拓きたる墓原の二つの墓碑に過去の陽が射す
長島　蛎

といった作品が掲載されている。滝澤が期待した新人の一人であったことは間違いない。彼の生まれ育った伊豆の城福寺を二度訪れている。裏山から見た夕日に輝く海の明るさは、今でも忘れられない。

猫舌

今年は猛暑どころではなく、酷暑である。各地で四十度を超えたところもある。こんな暑いときに恐縮だが、熱い食べ物の話である。食べ物の好き嫌いは無いが、強いて言えば、熱いものと辛いものが苦手である。とくに猫舌と思ってはいないが、今にして思えば飼っていた猫は熱いものなどはいっさい口にすることはなかった。苦手なだけであって、猫舌というまでにはいたらないのかも知れない。ただ、熱くて辛いものを食べるのには、人よりもだいぶ時間がかかってしまう。

熱い食べ物といえば中華料理であるが、そのなかでもラーメンや担々麺が苦手である。真夏でも担々麺を悠然と食べている人を見ているだけで、自然に汗が噴き出してきてしまう。人には汚いと見えるかも知れないが、担々麺などを食べていると、汗が止まらなくなってしまうことがある。いくらハンカチで顔を拭っても、汗が止まらない。気を許すと、汗が担々麺の丼の中にぽたぽたと落ちてしまうのだ。辛くて味の濃いところに汗が落ちるのだから、さらに味が濃くなってしまうだろうと、人には笑われる。
歌詠みには、食にうるさいと言われる人が多いようだ。食事中や飲んでいるときでも、蘊蓄を傾ける人がいる。わたしの師である木俣修先生も、食べ物にはうるさかった。食べ物を前にして、何度か講釈をきかされたことがある。先生は、『食味往来』（牧羊社）なる一冊を著している。
竹山広さんに、次のような歌がある。

ベートーヴェンに聴き入る猿を見せられしゆふべ出でて食ふ激辛カレー　竹山　広『射禱』

竹山さんは辛いものが好きだったのだろうか。「猿を見せられ」た、ということを考えると、そうでもなかったのではないかとも思われる。

南より届けられたる明太子さわるな食べるな妻よ手を引け　晋樹隆彦『感傷賦』
明太子箸にはさめば唐突に無数の稚魚が生まれ来にけり　浜名理香『風の小走り』

好きなものは、一人占めにしたい。「手を引け」という気持ちも、分からないではない。稚魚が生まれるような気がするのは、いい感性だ。

印鑑

印鑑のなかでも、特に実印はよく考えてから押しなさいと言われている。契約書や保証人などになる場合には、なおさらのことである。押してしまってからでは、取り返しのつかぬことになりかねない。

わたしが印鑑を持つようになったのは、就職をしてからである。当時の会社には、タイムレコーダーなどというものはなく、出勤簿なるものが存在していた。朝になると所定の場所に置かれている出勤簿に印を押したものである。その出勤簿は始業時間前には管理者が引き揚げてしまうので、遅れるわけにはいかない。遅れた時などは、恐る恐る管理者のところに出向いて印を押さなければならなかった。

退職するころには出勤簿は無くなっていた。各自がパソコンに出勤状況を登録することによって管理されていた。毎日毎日、出勤簿に印鑑を押していたのが今となっては、よき思い出となっている。

印鑑を持つことは、一人前の大人になったような気分にもなれる。実印をはじめとして、いくつかの印鑑を作ったものである。印鑑を使い分けるのは、裕福になった気分にもなれる。しかし、ときとして会社の提出書類に押していたのはどの印鑑か、保険の契約をする時に使ったのはどの印鑑かがわからなくなる時があった。

水晶の印に透きゐるわが名押す百に足らざる金銭のため　斎藤　史『風に燃す』
水牛印水晶印の押されたる書類一枚窓口抜けき　春日いづみ『アダムの肌色』
印捺せる蔵書を売りぬマークして海に放ちし魚さながらに　石本隆一『ナルキソス断章』

一首目と二首目は、背景に言葉では言い表せない深刻な問題を抱えているようなところが見られる。とくに二首目は、印を押すことの躊躇いが感じられる。「水牛印」と「水晶印」の二つの印にドラマ性が秘められているようだ。三首目、蔵書印のある本は手放し難い。古書店でよく見かけるが、亡くなった人の処分した本を手にするのは、さびしい。しかし、いずれはわたし自身も考えなければならない問題でもある。死ぬ前の一仕事になるだろう。

行きつけの店

短歌雑誌「歌壇」に「わたしの行きつけ」というページがあるので、楽しく読ませてもらっている。歌人が折に触れて行っている店である。行きつけの店の多くは、飲み屋である。美味しい酒や肴をかたわらにして呑んでいる姿を想像するだけでも、楽しくなってくる。在職中にはわたしにも行きつけの店はあったが、離職してからはそうした店は必要なくなってしまった。

在職中は、三軒の行きつけの店をもっていなくてはならないと、先輩から言われていた。一人で行って、落ち着いて呑める店。二人で行って、内密な相談などをしながら呑める店。そして三つ目は、仕事仲間の何人かと行って呑める店である。できるだけ守っていたつもりではあるが、実際は仕事仲間と呑んでいたことが多かったように思われる。

仕事を離れてからは、呑みに行くことも極端に少なくなってしまった。さらに免許証を返納してからは、外食をすることも稀になってしまった。「行きつけ」の店が今のわたしにあるかと問われれば、あると言ってもよいところがある。それは近くの蕎麦屋である。連れ合いは外食を嫌うが、最近は雑誌の発送などで疲れた時などは付き合ってくれる。蕎麦屋なので蕎麦を注文すればよいのだろうが、蕎麦よりも美味しいものがこの店のメニューにはあるのだ。
揚げたての熱々のトンカツに、たっぷりとカレーをかけたカツカレーである。連れ合いは身体にもっとも良くないと言っていたが、最近ではあきらめたのか、何も言わなくなった。たしかに高カロリーで良くないことは分かっているが、美味しさには敵わない。

辛きカレーを喰うカウンターのおとこがたしかに大きく見えぬ　高瀬一誌『火ダルマ』
口疼《ひひ》き汗噴くほどのカレー欲り炒りしがあはれ髪も香に染む　蒔田さくら子『淋しき麒麟』
とんかつは上野の路地に黄金のあなうつくしきあぶらが揚げる　池田はるみ『婚とふろしき』

カレーも美味しいが、トンカツを加えれば味は二倍ではなく、間違いなく三倍にも四倍にもなる。黄金の油で揚げたトンカツに、カレーをたっぷりとかけて食べたいものである。

終活

『広辞苑』第七版には「就活」はあっても「終活」という項目はない。かつては「就活」がもっぱら話題の中心になっていたが、いまや「しゅうかつ」と言えば「就活」よりも「終活」で話が盛り上がる。

終活は何歳になったら始めるのが良いというものではない。わたしと同年齢の人たちは、すでに何らかの形で終活を始めている。死を意識するというよりも、死後に家族に迷惑がかからないように、前もって考えているのだ。不謹慎な話かも知れないが、夫婦なら先に逝った方が苦労しなくて済むなどと言われている。

次男坊のわたしは、死後に入る墓はない。いずれは考えなくてはと思っていたが、最近になって、やたらに墓を買わないかという勧誘の電話がかかってくる。死んでから考えると言ったり、まだ死なないと言っても、数日後には別の業者から電話がかかってくる。

子どもたちに墓のことを相談すると、住んでいるところから近いところが良いだろうとの答えが返ってきた。そうは言っても、実家を離れて遠くに住んでいる子どもたちが、墓参に来てくれるとは限らない。わたし自身のことをふり返って考えてみても、故郷を離れてから墓参のために帰ったことは、数えるほどしかないのが実情である。近くには、環境の整った所沢聖地霊園という墓地がある。

たちまちに君の姿を霧とざし或る楽章をわれは思ひき　近藤芳美『早春歌』
横たはるわれを通過し行く時間二十四時間のなかの蟬声《せんせい》　上田三四二『鎮守』
夢にして歩むわが足したたかに山の狭間《はざま》を事なく越ゆる　千代國一『師の花吾が花』

作品を取り上げたような、著名な歌人の墓もある。あまりにも広大な墓地なので、縁《ゆかり》のある人の案内がなければ墓にたどり着くことが難しいとも言われている。敬愛する歌人と同じ墓地に眠るのも悪くはないと思うが、なにしろ高級車が買えるくらい高額である。とは言っても、いずれ墓は必要になる。時おり入ってくる折り込み広告を広げては、住宅の販売ではないが、そのうちに値が下がるのではないかという、淡い期待を抱いている今日である。

片仮名氾濫

日常の生活の中でも、片仮名や平仮名が多く使われている。とくに固有名詞に多いと思われる。先日は、山手線に新しくできる駅名が決まった。何と、「高輪ゲートウェイ」という。おそらく誰もが予測していなかった駅名ではないだろうか。駅名の公募には、六万五千近くの応募があったことが公表されている。応募されたなかで一番多かったのが「高輪」で、八千件を越えている。続いて「芝浦」「芝浜」であったという。選ばれた「高輪ゲートウェイ」は三十六件で、百三十位というから驚きである。

片仮名や平仮名の市町村も増えてきている。増えてきたのは、平成の大合併以後と言ってもよいだろう。由緒ある地名が次第に消えてしまうのは、寂しくてならない。ましてその土地に住んでいる人にとっては、故郷を失うも同然なことである。

言葉に敏感なのは、歌詠みくらいだと言われているが、本当かも知れない。歌詠みは、言葉に対しては敏感でなくてはならない。例えば「洗う」という言葉も使われることが少なくなってきているような気がする。「洗う」ではなく、「洗濯」さらには「クリーニング」の方が分かり易い。「ふくよか」などという言葉も使われることが少ない。「ふくよか」とは言わずに「豊満」「グラマー」などとも言い替えられている。こうした傾向は、いちじるしい。所謂、和語を使うことを忘れかけているのではないだろうか。

山手線の駅の数二十九あるを知る乗換ホームのパネル見てゐて　吉野昌夫『これがわが』
ひっそりとシューマイを食う男らを乗せて湘南電車は走る　吉野裕之『空間和音』
耐えかねて夜の電車にそっと脱ぐパンプスも吾もきちきちである　松村由利子『鳥女』

初めに山手線のことを書いたので、鉄道に関する作品を引いてみた。一首目は、山手線の駅の数を詠んでいる。この二十九という数も間もなく変わってしまうのだ。二首目は、車内の一齣である。「シューマイを食う」というところが、目の付けどころだろう。三首目は、通勤途上の歌。結句の「きちきちである」に悲痛な声が聞こえてくるようだ。

スケート

十代のころの趣味の一つにスケートがあった。スケートは、本格的に滑るようになるのなら別だが、金のかからない趣味である。小遣い程度で一日遊ぶことができるのだ。冬場になると、山蔭の田んぼに水が張られ急ごしらえのスケート場に早変わりするのだ。もちろん料金を払って滑るのだが、一日中滑っていても僅かな金額で済むのである。しかし、手作りのリンクだけに、気温が上がると溶けだすので滑りにくくなるのは仕方がない。

スケートには、スピード、フィギュア、ホッケーなどあるが、もっぱらスピードであった。所謂、早さを競うのである。スピードを出すには、コーナーをいかにしてスムーズに回るかにかかってくる。プロの選手の滑りを見ていると、コーナーに来ると右足を大きく前に踏み出すと同時に、左足をクロスするように右足の後にもってくる。これができるようになれば、スピードを落とさないでコーナーを回ることができるのだ。しかし、簡単のようだが難しい。何度も何度も転んで覚えるしかないのだ。最近では羽生結弦選手の人気でスケート熱も高まっているが、実際に滑ってみないとスケートの醍醐味を味わうことはできないだろう。
夜の白雲飛ぶ下を来て銀の刃に氷《ひ》の煙引くスケートリンク　佐佐木幸綱『旅人』
氷上の影を蹴るわれまぼろしの白犬も来て滑れるリンク
抽出歌は、佐佐木幸綱さんの第八歌集『旅人』に収載されている。『旅人』には早稲田大学の在外研究員として、オランダで家族とともに過ごした一年間の作品を纏めている。佐佐木さんは、実際に滑っているのだ。二首目の「氷上の影を蹴るわれ」は、体験者でなければ気づかないことだろう。
上京してからもスケートを楽しもうと思ったが、使い慣れたスピード用の靴は、都内のリンクでは当時晴海にあったリンクでしか使えなかった。スピード用の靴は先が尖っていて、危険ということであった。しばらくは靴を大切に仕舞っておいたが、スキーの面白さを知ったときに捨ててしまった。

電動アシスト自転車

車を止《や》めてから早くも二年近くになる。友だちからは、車がないと不便でしょうとよく聞かれる。何十年も車に頼っていたのだから、不便には違いないと思っていたが、馴れてしまえば困らない。車があった頃は、何処へ行くのにも車を利用していたが、無ければ無いで何とかなるものだ。車があった頃は外食が多かった。気分を変えるために、遠方のレストランまで車を走らせたが、今では近くの店で間に合わせている。

車を止めて古い自転車から新しい自転車に替えた。今では何処に行くのも、もっぱら自転車が足となっている。自転車を購入する時に、今流行の電動アシスト自転車にしようと一度は考えたが、連れ合いの反対に遇ってしまった。街中でママチャリならぬ電動アシスト自転車に子ども二人を乗せて、すいすいと追い越して行くのを見ていたので、これなら楽だろうと思ったのである。

しかし、電動アシスト自転車では運動にならないと連れ合いは言うのである。確かに毎日プールに来ているわたしよりも高齢な人も、電動アシスト自転車に乗ってくる人は一人もいないのである。そのことを考えると、電動アシスト自転車は諦めざるを得なかった。

自転車のカゴからわんとはみ出してなにか嬉しいセロリの葉っぱ
俵　万智『サラダ記念日』
夕映ゆる天安門前を東行し西行して帰る無数の自転車
葛原　繁『又々玄』

一首目は、買い物の場面。「わんとはみ出して」には、いかにも楽しそうな作者の姿が見えてくるようだ。二首目は北京の街の様子が偲ばれる。朝夕の自転車の夥しい風景は、かつて北京を旅したわたしの記憶の中にもありありとして甦ってくる。

自転車に乗るには保険に入らなければならない。さらに夜間に乗るときは、必ず点灯しなければならない。点灯すると漕ぐのに疲れるので、ついつい無灯火で夜道を走ったことがあり、運悪くパトカーに捕まったことがある。それ以来、夜間はなるべく乗らないことにしている。

自転車による人身事故も増えている。スマホ片手に運転していた加害者に、莫大な罰金が科せられたニュースも記憶に新しい。

寅まつり

以前は足の向くまま気の向くまま、何キロ先までも歩いていた。家から手ごろな距離に、多門院がある。多門院は、元禄元年に川越藩がおこなった三富新田の開拓地に存在する。三富新田とは、上富、中富、下富を言っている。ちなみにわたしの住んでいる地区は、かつての下富である。

多門院は当時の川越藩主の柳沢吉保が、開拓農民の心のよりどころとするために、菩提寺としての多福寺、さらには祈願所として毘沙門社（多門院）を設けている。創建が元禄九年というので、相当の歴史を積み重ねてきている。

多福寺は歩いてゆくには、少し距離があるので多門院までとしている。この多門院で、五月一日に「寅まつり」が行われる。十二年に一度の「寅まつり」では、本尊の毘沙門天が開帳されるというが、いまだにお目にかかったことはない。社務所では、虎の置物が売られている。手の内に入るくらいの小さな置物である。この置物が、正面の須弥壇を囲むようにして置かれている。願いが叶った人が、お返しに来たものである。

多門院には、もう一つの見どころがある。牡丹寺としても知られている。花が咲くと多くの人が訪れる。しかし、このところの暖冬で「寅まつり」よりも早く咲いてしまうのが残念である。

見つつゐて何ごともなき正午いま一つの蟻の牡丹をわたる　鈴木幸輔『幻影』
春雨の晴れまのみ寺しづかにて牡丹は花の時すぎにけり　上田三四二『湧井』
風はおのれの声に驚く寂しきか打ちするゐてをり牡丹の花を　西村　尚『飛聲』

牡丹は多くの歌人に詠まれているが、あまりにも見事な花なので、詠うには気後れをするときもある。それでも惹かれるのは、わたしにとっての牡丹の花は懐かしい記憶を甦らせてくれるからである。田舎にいた頃には、冬の寒さから木を守る為に藁で囲いをしたこともある。春先に囲いを解いたときの赤みがかった新芽の美しさも忘れられない。

散歩の途次に見事な牡丹の花に出会うと、今でもしばらく足を止めてしまうことがある。

県の木

故里にいた頃は栃の木になどにはまったく興味をもつことはなかった。所沢に住むようになって何年かの後に、徒行の折に栃の木をよく見かけるようになった。梢の先端に花をつけるので、しばらくは気がつかなかったのである。

栃の木の花は、五月ごろに咲き始める。白色に薄い紅色のかかった花を多数つける。木は喬木になるので庭木には向かないと言われているが、当地にある昔からの人家の庭には、栃の木が植えられている。

各県には、県の木が決められている。わたしの生まれた栃木県の「県の木」は、もちろん栃の木である。思えば高校のグランドの回りには、大木となった栃の木が何本も植えられていた。高校の校章は、栃の木の葉を模したものであった。

都心の街路樹としても、使われているところがある。しかし、栃の木は固い実を付けるので、その実が熟して落ちると通行人が怪我をする。さらに、車に傷がついてしまうということで、熟さない前に実を落としてしまうということを、ニュースで知ったことがある。

栃の実は食材としても使われている。所謂、栃餅である。かつて信州を旅した折に、土産物の栃餅を食したことはある。美味というほどのものではなかったが、なつかしいという気持ちは、隠すことができなかった。要するに、美味しくいただくというよりは、気持ちを味わうということである。

空高く栃の花咲き草青しあやまちて人は生まれしならず　前登志夫『大空の干瀬』
越前の栃の木峠栃の花ほけほけほうと人忘れしむ　馬場あき子『阿古父』

前さんは、吉野の山中に住んでいた人である。栃の木の花を毎年見ていたに違いない。下の句が忘れられない。馬場さんの歌は旅の歌ではあるが、「ほけほけほうと」には、栃の木の花をも思わせてくれる。

『広辞苑』での「とちのき」は、「橡」と「栃」が見られる。「橡」に「とち」とルビを付した歌を見ることもあるが、「橡」と「栃」まったく異なる木である。橡は櫟の古名である。なぜ、橡と栃があるのかを、これから調べることにしたい。

橋

さまざまな橋がある。よく知られているのは、祖谷《いや》の蔓《かずら》橋や四万十の沈下橋である。テレビなどで紹介されているのを見ていると、珍しいというだけではなく、その土地によく馴染んでいるのがわかる。一度は行ってみたい気持ちになる。

四万十の沈下橋には二度行ったことがある。一度目は、一九九七（平成9）年、二度目は、二〇〇八（平成20）年であった。二度とも短歌大会に招かれてのことであったが、一度目の時は、地元の人たちと酒盛りばかりしていたので、あまり記憶に残っていない。車で足摺岬などを案内されたことは覚えているが、途中の休憩になると必ずワンカップが出てくるので、観光どころではなかった。二度目は、「朔日」の仲間も同行したので、短歌大会の終わったあとに観光をすることができた。もちろん沈下橋も渡ったし、四万十川の川下りを楽しむこともできた。

わたしの故郷にも、沈下橋によく似た橋が架かっていた。沈下橋とは言わないで、地元では

「土橋《どばし》」と呼んでいた。いま思うと、巴波川《うずまがわ》の氾濫に苦しめられていた人たちが考えて作った橋と思われる。手摺はなく、歩行者専用の橋である。橋の上には土が盛られていて、歩いていても滑らないかと気が気でならなかった。

この橋を用ふる町に育ちしかきみを訪はむと水音のなか　小野茂樹『羊雲離散』
スカートの裾いっぱいの歩幅もて勝どき橋の夕暮れをゆく　鶴田伊津『百年の眠り』
日日の越えねばならぬ橋に降る雪しんしんと暗夜に白し　山本　司『ガリレオの地平』

橋は多くの歌人によって詠まれている。一首目は、小野茂樹さんの歌。若くして交通事故で逝ってしまったが、瑞々しい相聞歌はいま読んでも新鮮であり、こころ惹かれる。二首目は、鶴田伊津さんの歌。上の句の表現が、いかにも若者らしい。橋を渡って会いに行くのだろうか。三首目は、山本司さんの歌。作者は札幌に住んでいる。雪に対しての思いは、強い。越えなければならない橋は、現実の橋ではない。
近くには川がないので、橋を渡りたくなったら、徒行の足を少し伸ばすしかない。

校歌

夏の高校野球の地方予選が始まった。母校の甲子園出場などは夢の夢でしかないが、勝敗は気になるものである。母校は全国高校野球選手権には、二度出場している。出場しているといっても戦前の旧制中学の頃なので、昔話としてしか聞いていない。最近では、母校は出ると負けの状態が続いている。私立高校の野球部員が百名もいるというのに、母校の野球部員は、十数名に過ぎないので勝てるわけがない。

地方予選がはじまると、かつての夏の日が思い出される。試合が近づくと、応援の練習をしなくてはならなかった。期待がもてるなら応援にも力が入るが、出ると負けでは力も入らない。それでも在校生は一箇所に集められて、応援の練習をしなければならない。

校歌は知っていても、応援歌があることなどは、多くの生徒は知らなかった。なにしろ歌うのは年に一度しかないのだから、仕方がない。校歌は歌う機会が多かったので、今でもよく覚えている。校歌は歌いにくかった。校歌らしくないと言った方がよいだろうか。歌詞は素晴らしいが、歌いにくいリズムであった。作詞者は、詩人の大木惇夫である。

男体の高き嶺より／敬愛の哲しをうけむ／誇りありこの学の園／あゝわれら友どちは／やはらぎ信じ睦みあひ／青空に響かせむ／ほがらなる平和の鐘を

一番だけを紹介したが、今日の学生にはなんて古くさい歌詞と思われるだろう。しかし、伝統という力なのだろうか。いつまでも歌い継がれている。

つひにわが踏むをえざりし甲子園の土をかき入れゐる敗者たち　竹山　広『眠ってよいか』
わかたけの腕しなはせて刺す竹の外角低めいっぱいをつけ　成瀬　有『真旅』

野球に関わる歌を二首。竹山さんの歌はよく分かる。敗者に目を向けるところが、いかにも竹山さんらしい。この夏もテレビの画面で何度も見ることだろう。成瀬さんは、大学ではエースとして活躍した人である。プロから声がかかったほどの選手だった。親しみやすく、誰よりも酒の強い人であった。若くして逝かれたのが、惜しまれてならない。

身辺整理

遅まきながら、身辺の整理を始めた。後々に役に立つだろうと溜め込んでいた雑誌やさまざまな資料などの置き場所が、無くなってしまったからである。溜め込んだ資料などが狭い部屋を占拠してしまっているために、いざ必要と思った時には肝心な本などが探しだせないのが現状である。とにかく捨てることにした。捨てるにしても何から捨てるかが大事である。先ず考えたのは、膨大なプリントアウトした資料である。パソコンにデータを保存していても心配でプリントアウトしたものである。しかし、データをしっかり管理しておけば、紙ベースの資料などは必要ではなくなる。

今まではUSBに分類して資料を保存していたが、外付けのハードディスクにデータを移行した。ハードディスクも、写真用、作品用、文書用などと分けてみた。今の時代は、パソコンを使いこなせば大概のことは整理できると思っている。パソコンのおかげで少しは部屋も片付いたが、残るは積み上げてある書籍である。これだけは簡単にはいきそうもない。

ところでパソコンに関連した歌も多く見られる。
たそがれの薄型パソコン「真剣な恋人さがし」というメール来る　加藤英彦『スサノオの泣き虫』
わがおもひしどろもどろにカーソルはただの一瞬に文頭にとぶ　小池　光『時のめぐりに』
パソコンは便利ではあるが、怖い一面もある。一首目の加藤英彦の歌に見られる「真剣な恋人さがし」などというメールに安易に返信してしまうと、のちのち面倒なことになりかねない。二首目は小池光の歌。パソコンは、使い手を試すような悪戯をする時がある。
フロッピーディスクに昼間閉じこめし銀のヤンマを呼び出す夕べ　佐佐木幸綱『呑牛』
今日ではフロッピーディスクを見ることもなくなった。データを収容する容量が少ない。替わって、ＵＳＢが多く使われている。ただ小さいので、紛失しやすいのが難点である。手元の使わなくなったＵＳＢを、如何にするかを考えている。

親不孝者

選歌をしていると、肉親を詠んだ歌にたびたび出会うことがある。なかでも母親を詠んだ歌が多い。大方は介護の歌が多いが、なかには幼い頃の母との思い出を詠んだ歌も見られる。母親との思い出の浮かんでこないわたしには、何とも羨ましい限りである。

母を一人にしてゐるわれは晩年を一人棲むべし紙を友とし　米川千嘉子『衝立の乙女』
「母さん」と呼べど応えのなき午後はただにぎるのみ温きその手を　小高　賢『液状化』
壜の米棒もて搗ける母の後姿《うしろ》しのつく雨を見てありしかば　島本正靖『方形の空』

母親を詠むときに、人は子どもの頃の心に帰るのだろう。掲出歌は、心の内側までもが見えてくるようだ。
わたしには、子どもの頃に母親と遊んだことや、旅行に行った記憶がまったくない。十八歳で上京するまでは同居していたのに、いくら思い出そうとしても、思い出せないのだ。何て親不孝な人と思われるかもしれないが、鮮明な場面などは浮かんでこない。実際に母親と遊んだり、旅行には行っていないのだから、浮かんでこないのは当然である。

父親が四十歳を前にして教職を投げ捨ててしまい、政治活動に没頭してしまったのである。その頃からわたしは、父親の姿を家で見ることも、まれでしかなかった。当然のことながら家計は火の車に決まっている。母親は、家庭を守るために精一杯であって、子どもたちと遊ぶ余裕などはなかったのだ。今考えてみても、収入のない家庭を、どうやってやりくりしていたのか、不思議なくらいである。

母親に対して子どもらしく接するようになったのは、父が亡くなってからである。四人兄弟の三人が故郷を離れないで、母の近くに住んでいる。若くして故郷を離れてしまったわたしを、母は亡くなるまで心配していたらしい。子どもの頃から家に籠っていることのなかっただけに、母親の心配は一入だったに違いない。

早いもので、母が亡くなって今年で九年になる。免許証を返納してからは、故郷に帰ることも少なくなってしまった。この秋には、電車を利用して帰ろうと思っている。彼岸花が満開に違いない。

故郷は今

車を止《や》めてから、二年半近くになる。止めただけならよいが、運転免許証を返納してしまったので、運転することはできない。困ったのは故郷に帰る時である。車なら二時間もかからないところなのに、電車を利用するとなると、一時間は余計にかかってしまう。

このたび、母親の十年祭を行うというので、いかにして故郷に帰るかを考えた。スマホで調べると幾通りもの帰路はあるが、乗り換えが五回もあるルートはそれだけで疲れてしまうので、乗り換えが少なくて時間がかからないルートを選択した。

故郷に帰るには、小山駅か栃木駅での下車がよい。今回は、どちらかの駅で下車をすることにして出かけた。小山駅まで来たときに、両毛線との接続が良かったので、栃木まで行こうと飛び乗った。両毛線は十代の頃に乗ったが、それ以来である。


思川《おもひがは》鉄橋わたる車中にて缶コーヒーのあたたかき飲む　小池　光『梨の花』

小池光さんの最新歌集『梨の花』の一首である。思川の鉄橋を渡ると、数分で思川駅に着く。かつては、駅の周辺には何もなかったが、今では住宅も立て込んでいた。最近では、近くで〈田んぼアート〉を行って、町おこしをしているとも聞いている。

血縁の一人の手もて帰郷者に故園の鶏《とり》を屠り料理す　大野誠夫『山鴫』
人は誰かの遺族でありぬちらちらと満作咲ける黄の向こう側　前田康子『キンノエノコロ』

母親の法事の席には鶏肉の煮物はあったが、すべては料理人の手によるものであった。前田さんの歌に満作が詠まれているが、墓地を訪れたのは九月の末だったので、百日紅の花が、まだ咲いていていた。人は亡くなっていくが、百日紅は枯れることなく、わたしが故郷を離れてからも咲き続けていたのだ。
車を止めたことによって、故郷はますます遠くなりそうである。しかし、今回の帰省で新たな発見もあった。巴波川《うずまがわ》の畔を歩いていると、万年筆の修理を何度もお願いした寺内萬年筆病院は、廃業していたが店は昔のまま残っていた。

新しき年

今年もまた、年賀状を書く季節がやってきた。年賀状を貰うのは嬉しいが、出すとなるといつも億劫になる。以前は、年末になると版木を買ってきて、年賀状用の版画を彫ったときもある。理想科学工業の販売した、プリントゴッコのお世話になった時期もあった。枚数が少なければ何とかなるが、付き合いが増えるとともに、枚数も増えてからは、パソコンのお世話になっている。年賀状の表も裏も印刷では申し訳ないと、一筆認めるようにはしているが、しだいにそれも叶わなくなってしまった。

毎年のことだが、高齢者の方から、「今年で賀状を最後にします」という賀状をいただく。高齢者なら、わたしも立派な高齢者ではないか。わたしにも賀状を辞退することがあってもおかしくはないのだと、毎年年末になっては思ったりする。しかし、年賀状は年明けのけじめのようなものであると思うと、なかなか止める決心ができなくて困っている。

新年というと、木俣修先生の歌を思い出す。先生は、新年の歌を多く詠んでいる。

浄めたるむつきついたちの仕事部屋はやせかせかとさがしものする　木俣　修『天に群星』
いく万の研究カード新年のひかりさすときこころひらめく
新年を迎えるために、仕事部屋の片づけをするのだが、先生の仕事部屋は一日や二日で終わるものではない。家族総出での片付けであったと聞かされている。
来むとしは一つまとめたき仕事ありそれ以外には思ひ及ばず　木俣　修『昏々明々以後』
新しい年への決意が感じられる歌だ。しかし、仕事をこなすだけの体力の自信は、すでに無くなっている。それでもしなければならない仕事があるのだ。先生最晩年の歌である。先生は、最後まで生きようとする気力を奮い立たせていたのである。
ひとまかせならぬ仕事をもつゆゑにいのちたまはれいましばらくは
　　　　　　　　　　　　　　　　　　　木俣　修『昏々明々以後』
老とたたかふ年とはなりぬ朝起きて声かけざまに立ち上がりたり

庖丁

誰から教わったわけでもないが、料理を作るのは好きだ。何かを作る時には、食べたときの味を思い出しながら作ると大抵は上手くいくものである。若い頃は外食が多かったので、その当時を思い出して作ることが多い。もちろんのこと、レシピなどはない。味付けも目分量なので、ときには失敗することもある。

長く使っていた庖丁の切れ味が悪くなったので、久しぶりに庖丁を新しくした。古いといっても磨げばよいのだが、限界というものはある。売場に行ってみると、さまざまな庖丁があるのには驚いた。そのなかから、薄刃庖丁か菜切り庖丁にするか迷ったが、どちらにもしないで、牛刀を求めた。牛刀なら使い勝手がよいと思ったからである。

新しく求めた庖丁は、セラミックスの庖丁である。切れ味のほどは分からないで買ってきて、さっそく胡瓜の千切りを試してみたが、上手くはいかない。やはり薄刃庖丁には敵わない。しかし、いまさら取り替えるわけにもいかない。さらに、セラミックスの庖丁は磨ぐのにも慎重にならざるを得ないようだ。馬鹿と鋏は使いようなどとも言われている。意味はまったく異なるが、庖丁も使い方によっては幅広い食材を調理することができるだろう。連れ合いは今までの方が使い勝手が良いと、従来の庖丁を使っている。そのうちにセラミックスの庖丁さばきの見事なところを、見せつけなければと密かに思っている。

取り落とし包丁が床に突き立てりおまへは何を怒つてゐるのか　藤井幸子『無音のH《アッシュ》』
やってみれば面白きもの庖丁とぎ二本三本たちまちぴかぴか　清水房雄『旻天何人吟』
怖ず怖ずと菜切り包丁磨ぎ始め柳刃出刃と大胆になる　長澤ちづ『海と角笛』

一首目は、庖丁に向かって言っているのだろうが、庖丁に言われているようにもとれる、不思議な歌だ。二首目と三首目は、庖丁を磨ぐ歌である。磨ぎだすと次つぎと磨いでみたくなるものだ。清水さんの「たちまちぴかぴか」には、満足感が表れている。長澤さんの歌も次々に磨ぐのだ。最初の怖いというのも忘れて、無心に磨いでいるのだろう。

地名

長いこと慣れ親しんできた地名だが、住んでいるところの地名が好きではない。現在の地名は、〈所沢新町〉である。五十年前に引っ越してきた時の地名は、新町のないただの〈所沢〉であった。いつから現在の地名になったかは、忘れてしまった。忘れるくらいだから、感慨もなかったのだろう。〈所沢市所沢〉の頃は、まだ区画整理がされてなかったので、初めてわが家を訪ねてくる人は、迷いに迷って来たくらいである。

現在の土地は、その昔の三富新田に近いところである。江戸時代の元禄期に開拓された、短冊形の集落は今日でも残っている。その土地では、今でもサツマイモが盛んに作られている。江戸時代の焼き芋屋は、栗には敵わないので、「八里半」の看板を掲げていた。栗より（＝四里）旨いので十三里と言われるようになったとの説もあるが、江戸から川越までの距離が十三里あったので、そこからとも言われている。

所沢の外れにある多門院の隣にある神明社に行くと、「いも神さま」が祀られている神社がある。大きなサツマイモを象った碑を見ることができる。現在でも上富、中富、下富の地名は残っているが、わたしの住んでいるところだけが、「新」などという安易な地名をつけられてしまった。

埼玉県さいたま市とは笑はせる何処の莫迦が寄りて決めけむ　清水房雄『桴遊去来』
北浦和　南浦和　西浦和　東浦和　武蔵浦和　中浦和と無冠の浦和　沖ななも『一粒』

平成の大合併も懐かしい。合併によって由緒ある地名が次々に消えてしまった。「さいたま市」もだいぶ馴染んではいるが、「浦和市」は捨て難い。沖さんの住んでいるのは、さいたま市である。さいたま市などという駅は無いが、浦和に冠をつけた駅は六つもある。これだけあれば、迷わない方が不思議なくらいだ。
わたしの住んでいる所沢市には、無冠の所沢駅の他に、西所沢、東所沢、新所沢の各駅がある。まだ、北と南が空いているので、この先に新しい駅名が誕生するかも知れない。最近では、地名や駅名も住民の意思が尊重されているようだが、歴史的なことを知らないと、笑わせるような地名が付きかねない。

銭湯

かつては下宿を探す条件の一つに、近くに銭湯があることが要求された。いまでこそ各家庭に風呂があるのは当たり前の時代であるが、わたしが上京した昭和三十年の終わりの頃には、銭湯が主流であった。

上京して最初に住んだのは、高田馬場駅の近くである。叔父の家に居候同然で転がり込んだが、風呂だけは近くの銭湯に行くことにしていた。近くに銭湯があったので、仕事の汗を流すのにも便利であった。叔父の家には風呂はあったが、居候の身である。長湯などは遠慮しなければならない。銭湯であれば、時間を気にすることもない。一日の汗を流すだけでなく、その日にあった嫌なこともすべて忘れることもできたのだ。

長湯から上がった後の気分は爽快になる。脱衣所には、夏場には冷えた飲み物が売られていた。今日のような自販機などはない。クーラーボックスから取り出して飲む牛乳が、こんなに美味いと思ったことはない。湯上がりの身体には、最高の飲み物であった。

二度目に住んだのは、武蔵小金井駅の近くである。住んだと言っても、ここには半年もいなかった。夜中に帰ることが多くなり、叔父の家に居辛くなったために、友人の住まいに転がり込んだようなものである。近くに銭湯があったかは、まったく記憶にない。三度目は、所帯をもって住んだ田無町（今の西東京市）である。近くには銭湯があって便利であった。ただし、部屋が狭くて物が置けない。どちらかが風邪を引けば、必ず二人ともダウンするありさまであった。四度目は、狭いところを脱出しようとして下石神井の二軒長屋を探し当てた。近くには銭湯が二軒あったので、生まれたばかりの子どもを連れてよく通った。

朝焼けが風呂屋の煙突つつみたるこれやこの市井《しせい》なるあかるさ　沖ななも『ふたりごころ』
脱衣所の壁を隔てて呼び交はす女男《めを》ありて子が三人《みたり》行き来す　真中朋久『雨裂』

今住んでいる近くには、もう銭湯は一軒もない。替わりに温泉を掘り当てたレジャー施設が繁盛している。温泉も食事も、さらには散髪まですることもできる。そこには、気難しい顔をして番台に坐っていた親父の顔を見ることはできない。

あいつ今何してる？

某テレビ局の人気番組に、「あいつ今何してる？」がある。ふだんはテレビを見ることもあまり無いが、夕食時なので時間がもったいないと思いながらも、つい付き合ってしまう。番組の内容は、毎回ゲストが呼ばれてアルバムを捲りながら、気になる同級生などを指名する。指名を受けるのは、小学生や中学生の同級生が多く、ゲストは名の知れた芸能人が多い。

テレビなので、面白おかしくしているところはあるものの、ゲストの幼少の頃をあばくところが、視聴者には受けているのかも知れない。ゲストの記憶の曖昧なところを指名した友人に指摘されて、慌てふためく姿も見せどころなのだろう。いかにもテレビ局が視聴率のアップをはかっての番組とは思うものの、つい引き込まれてしまうところがある。

テレビを見ながら、もしもわたしが誰かを指名できるとしたらなどという、有り得ないことを考える。記憶に残るような写真は無いが、小学校のときの卒業アルバムは大切に保管してある。おそらく開いてみても、わたし自身の変貌した姿に戸惑うのではないだろうか。

さて、自身の姿を確かめたところで、誰を指名するだろうかと考える。卒業してから六十余年も経っていれば、指名したところで相手がわたしのことを覚えているかも怪しいところだ。小学校を卒業してからは、会っていない人がほとんどだ。中学から越境入学をしたので、会う機会がなかったというのが、正直なところである。もちろん同窓会なども開いていない。

言葉少なくあり得し今日を幸として同窓の集ひより戻り来りぬ　柴生田稔『星夜』
消息はときにかすかに伝はりてへだたりしまま人は逝きにき　川島喜代詩『消息』
われは鶴を君は孔雀を愛すれどわかものなりしきのふはあらぬ　伊藤一彦『青の風土記』

三年に一度開いていた中学のときの同窓会も、七十歳を区切りとして終わりにした。同窓会の歌も多く詠まれているが、懐かしいだけでは歌にはならない。かえって違和感を覚えるような歌に出会うときもときにはある。青春時代の思い出は、胸の内の奥深くにとどめておくのがよいのだろう。

得意な料理

何が得意と聞かれたら、がんもどきを煮るくらいしか能がないという歌を、拙歌集『散録』に収めた。それ以来、歌集を読んだ人たちから、がんもどきの煮たのを食べたいと何度か言われている。懇意にしている豆腐屋の「大がんも」を、八等分にして煮るだけなのだ。その時の調味料によって味が変わってくる。甘味を濃くすると、美味しいので食べ過ぎてしまって身体にはよくない。塩梅という言葉がよく使われるが、甘味の加減が大事なのだ。

「庖丁」などというエッセイを書いたことによって、相当に料理をする人のように思われているようだ。がんもどきを煮るのは、料理とは言わないだろう。しからば、何が作れるのかと人は思うに違いない。何でも作れると答えれば、ふざけるなと言われるに違いない。自慢ではないが、外食をする時期が長かったので、食堂で出されるものや居酒屋のメニューの大方は、材料が揃えば作れると思っている。

若い頃に海釣りにこだわっていたことがある。休暇をとっては、湘南の海に出かけた。よくワカシ釣りに出かけた。ワカシといっても知らない人は多いだろう。関東での呼び名かも知れないが、イナダの前の呼び名だ。イナダは出世魚の鰤になるのだ。真冬にはよく、鮎魚女《あいなめ》釣りにも出かけた。釣ってきた魚を捌くのもわたしの仕事であった。三枚に下ろすくらいは、お手のものだ。もちろん美味しい刺身を作ることもできる。

少年の胸ときめきやまずいつまでも山女魚はをどる魚籠《びく》の底にて　岡野弘彦『天の鶴鶴』
みづからが釣りたる魚を食む子らは眼しづかに骨まで食べぬ　小島ゆかり『憂春』

取り上げた作品は、自身で釣りをしているのではない。岡野さんの歌は、釣り上げられた山女魚が魚籠の底で生き生きと動いているのだ。小島さんの歌は、すでに食卓にのった魚なのだ。「みづからが釣りたる」とあるので、子どもにでも釣れる魚を想像することができよう。
いつ頃からか、釣りに行くこともなくなってしまった。しばらく仕舞い込んでいた釣り竿も、最近処分してしまった。

雁の渡る空

先日、雁部貞夫さんから『宮地伸一の秀歌』を頂いた。雁部さんが「現代短歌新聞」に連載を始めた時から興味深く読んでいた。『あとがき』に代えて」に、「決して偉ぶるところのない、情に厚く、ユーモアに富んだ宮地氏の人柄や作品は親しまれて来た」と記されている。わたしなどの若輩にも常に声をかけてくれていたことが、忘れられない。

宮地さんが亡くなられてから、すでに十年近くになる。宮地さんからの大切な手紙を、今も保管している。捨てがたいのだ。亡くなった人の手紙となれば、なお更である。消印は、94とあるので、二十三年前に頂いた手紙である。その年の、四月十八日に書かれたものである。書きだしに「昨晩は失礼いたしました。」とあるので、前日に会っていることは確かである。

前日の話題は、「アララギ」の平成九年四月号に載ったわたしの作品の批評に関することであった。話だけでは通じないと思ったのか、「アララギ」のコピーが同封されていた。手紙にはさらに、「みないかに不勉強かの見本の如くで甚だ残念ですが。」と書かれていた。拙作は、

「短歌現代」二月号発表の「六階が仕事場となり七階に雁の声ききし詩人思ひつ」である。

「アララギ」の批評には「都会の高層ビルの上空を雁が渡り、高層ビルの内部でその声をきくといふのは、詩人の想像ではないかとおもはれる。」と書かれていたのだ。拙作は、宮柊二の作品、

七階に空ゆく雁《がん》のこゑきこえこころしづまる吾が生あはれ　　宮　柊二『日本挽歌』

を意識して詠んだものである。

手紙からは、たとえ仲間であっても間違いは許せないという、宮地さんの真摯な態度を垣間見ることができた。雁部さんの著書から作品を紹介する。

青葉の坂ひとり歩めり妻病めばこの世に楽しきものなくなりぬ　　宮地伸一『夏の落葉』
汝が髪を撫でつつおもふこの髪の白くなるまで命なかりき

二首ともに、連れ添った妻への挽歌である。優しさの滲み出ている作品だ。

黒電話機

花山多佳子さんの歌を楽しく読んでいる。花山さんの作品は、日常の些事を詠んでいながら、わたしなどには思いつかぬような視点が見られる。
「短歌」（20・3）に「黒電話」という一連が発表されている。

物置のふくろに入れある黒電話ぶつかればいつもチンと音たつ
父の指が回しし電話のダイヤルを同じ速度で児が回しゐる　　花山多佳子

一首目などは、黒電話機を知らない世代の人にはなぜ「チン」というのか、解らないかも知れない。今どき黒電話機を使っている家はないだろう。「チン」という音がするのは、電話機自体にベルが付いているからだ。着信があると、電話機のベルが鳴って知らせてくれるのだ。最近の電話機には、ベルなどは付いていない。多くは電子音で着信を知らせてくれる。最近の子どもたちは、ダイヤルが付いている電話機の使い方が解らないらしい。ダイヤル付の電話機は、飲食店などに設置されているピンク色をした特殊簡易公衆電話機くらいだが、今日では見かけることがない。ダイヤルを知らない人に回してと言ったら、回転盤そのものを回そうとしたという、笑えない話があったくらいだ。

最近では、光電話の普及が目覚ましい。インターネットを使う人には便利だが、電話だけにしか使わないのなら、光電話にすることはない。光電話にすると、停電した時には使えなくなる。何年か前に高知県の山村で、すべての家庭が光電話にしたために、災害時に連絡が取れなかったということがニュースになっている。黒電話ならば、停電でも使える。電源は電話局から供給されているからだ。

わが家でもさすがに黒電話機は使っていないが、アナログ回線と光回線の二回線を利用している。停電対策ではない。黒電話機は、今では骨董品としても取引されている。4卓と言われた、4号卓上電話機を大切に保存している。昭和三十年代にもっとも使われていた電話機であり、骨董的な価値はある。二台あったが、一台は息子がネットオークションで売ってしまった。もう一台は、絶対に売らない。

畳

ここ何年も畳を踏んでいない。最近の新築住宅のパンフレットを見ても、畳の部屋が無いという物件もかなりある。小さい頃から畳のある部屋で育ってきたわたしなどは、住み心地を考えると畳の無い住宅は考えられない。疲れた時には、すぐに寝そべることもできる。しかし、若い世代には、畳のある生活は不向きなのかも知れない。というよりも、畳の良さがわからないのかも知れない。

たしかに畳は手入れが必要である。手入れの時には家具を動かす手間もかかる。畳職人は、家具も動かしますと言ってくれるが、面倒くさいと、ついつい思ってしまうのだ。わが家にも畳の部屋が、二階に一つあるが、今はまったく使っていない。齢をかさねると、二階に上がることさえも面倒になるのだ。

かつて家を建てるときには、自身の葬儀のことを考えるように言われたことがある。葬儀社がまだ普及していない頃である。自宅で葬儀が行われていた子どもの頃は、仕切りの襖を外すと幾つのも部屋が繋がって大広間ができるのだ。出棺はその大広間からというのが、誰もが考えることであった。
そんなことを思って仕切りを取ったら大広間になるような家を探したが、古書店並に本を溜め込んだために仕切りを外すことなどは、まったくできなくなってしまった。

鳥寄せに吹く骨笛《ミルカン》のこと知りて妖しき夜の畳にすわる　　生方たつゑ『海にたつ虹』
父逝きし一日曇りに果てむとし没りぎはの陽が畳に及ぶ　　高嶋健一『方嚮』
自意識を諸悪のもとと思うまで畳屋の香につつまれている　　大島史洋『いらかの世界』

生方さんの歌。骨笛は、動物や鳥の骨から作った笛である。骨から作ったというところに、死の予感がすると思うのは、考え過ぎだろうか。高嶋さんの歌は、父を亡くした日のことだ。静かに詠んでいるだけに、かえって悲しみが深い。大島さんの歌は、畳屋の香りからの発想だ。畳と女房は新しい方がよいなどと言われる。たしかに新しい畳の匂いは、捨てがたい、と言ったら女房に叱られるだろう。

時刻表

時刻表は毎月刊行されている。ＪＲも私鉄各社も毎月列車ダイヤの改正をしているわけではないだろう。それなのに刊行されているのが、不思議なくらいだ。時刻表に詳しい人から見れば、何を素人がと言いたくもなるだろう。素人考えでは、日本のどこかでダイヤ改正があるのだろうなどと思っていた。時刻表を見るのを楽しみにしているうちに気がついたのが、季節ごとに臨時列車を走らせていることだ。さらに大判の時刻表になると、地方のバスの時刻表まで網羅している。

たしかに時刻表の最初には、臨時列車のダイヤが付いている。旅行を楽しんでいる人は、決められた列車よりも臨時列車に興味があるのかも知れない。勤めていたころは、職場にいつも最新の時刻表が備え付けられていた。誰が使うというわけではない。見たい時に見られるので、何度も利用したことを記憶している。乗り物の歌は多いが、時刻表の歌は少ない。

新しい時刻表を買うくせはきのうの俺を捨てるにあらず　小嵐九八郎『叙事がりらや小唄』
時刻表見やすき位置は外になし地下道狭く邪魔にされながら　植松壽樹『白玉の木』
時刻表に並ぶ数字の信憑性　ホームで鳩が西日ついばむ
大森悦子『ナッシング・スペシャル』

一首目の小嵐さんは、時刻表を毎月購入しているのだ。時刻表を見ながら旅の計画を立てることもしばしばあったのだろう。この歌は「きのうの俺を捨てるにあらず」の「捨てるにあらず」から、捨てたいけれども捨てられないという作者の気持ちを窺うこともできるのだ。二首目は、時刻表を見て確かめている場面だ。細かい数字ばかりを見るには、通行人に邪魔にされながらも、どうしても立ち止まらなければならないのだ。三首目。時刻表に「信憑性」がなかったら、大変なことになる。誤植のもっとも少ないのは、時刻表だと思っている。

とりのこされる思いに駆られいそぎゆく駅改札の雑踏の中　沖ななも『ふたりごころ』

日本の電車は時刻表通りに動いている。そのうち来るなどということはない。日本の鉄道は世界に冠たるものだ。事故でもない限り、遅れて来ることはない。

新幹線ホテル

八月三日、「朝日新聞」夕刊の「『休憩列車』で休む客も」という記事に目が留まった。記事の内容は、二日夜に東海道新幹線が静岡市内を走っている時に、人がはねられて死亡する事故があったというのだ。事故によって新幹線はストップして、遅れて到着後の移動手段がないために、JR東海は東京、名古屋、新大阪に「休憩列車」を用意したのだ。

この記事を読んだ時、かつての悪夢が甦った。今から十三年も前のことになる。二〇〇七年三月二十四日に、現代歌人協会の創立五十周年記念のイベントが大阪で開かれた。前日に大阪入りをして、大阪城を見た後に市内に宿泊した。翌日のイベントも無事に終了して、帰ることになった。

大阪発の、二十時八分発の新幹線に乗り込んだ。何としても帰らなければならなかったのは、翌日に東京での歌会をひかえていたからである。掛川駅を過ぎた頃に、信号故障と人身事故によって新幹線はストップしてしまった。四時間の停車の後の一時半ごろに動き出したが、東京駅に着いたのは、朝の三時半であった。この時間ではもちろん接続の電車などはない。その時に、「新幹線ホテル」を用意するとの車内放送があったのだ。

用意された新幹線の車内で、始発電車のある早朝五時までは体を休めることができた。一度家に帰って再度出かけるのも面倒と、池袋の深夜喫茶で朝食を済ませたことを忘れない。

飛行機が嫌いなわたしは、新幹線を利用することが多い。九州までも新幹線だ。退屈だろうと言う人がいるが、そんなことはない。飛行機に乗っている時の緊張感もないので、パソコンも使える。好きな本も読める。それに一番なのは、自由に歩くことができるのだ。

にんまりと昼を点して入りきたる〈ひかり〉の鼻は雨に濡れける　永田和宏『華氏』
白地図のみどりのすぢを思ふかな新幹線に河越ゆるたび　花山多佳子『春疾風』
広軌から狭軌にかわる昂奮が山形新幹線「つばさ」にはある　髙瀬一誌『火ダルマ』

新幹線を多くの人が詠んでいるが、わたしにはない。あまりにも身近なものとしているために、詠むことができないのかも知れない。

猫と金魚とメダカ

生き物を飼っていると、心が癒される。かつてわが家でも猫を飼っていたことがある。子どもたちが世話をするからということで飼うことになったのだが、いつの間にか世話をするのは大人の役目になってしまった。子どもたちが家を離れてからは、二十年近く家族の一員のように可愛がっていたが、亡くなってしまった。近所の猫を見るとまた飼いたいという気持ちになるが、これから先二十年も長生きされたらと思うと、こちらが先に参ってしまうだろう。そんなことから、飼うことを止めてしまった。

猫に替わって飼ったのが、金魚とメダカだ。猫は手がかかるが、金魚とメダカは手がかからない。餌を与えることと、ときどき水を替えるだけでよい。金魚とメダカのために、大きな水甕を二つ用意した。金魚の大きくなるのは早い。いつの間にか大型の鮒くらいになったが、野良猫が狙いに来るのだ。食べるわけではないが、悪戯をして金魚を水甕の外に出してしまうのだ。当然のことながら金魚の命は果ててしまう。

今年も梅雨明けを待って金魚を三十匹買ってきた。梅雨時の金魚は弱いというので、梅雨の明けるのを待っていたのだ。繁茂した睡蓮を取り除いて、金魚の住みやすい環境を整えた。大きな水甕ではあるが、この夏の暑さは予想以上であった。日当たりの良いところに水甕を据えていたので、水温がどうしてもあがってしまうのだ。金魚は寒さには強いが、暑さには弱いらしい。半日陰のところに水甕を移してからは、生き生きとして泳いでいる。
金魚にばかり目がいってメダカを疎かにしていたら、メダカの水甕には、生まれたばかりの数ミリの稚魚が泳いでいたのだ。ほったらかしにしていたが、メダカは子孫を残していたのだ。連れ合いの喜びようは、言うまでもない。

死にたくてならぬひと日が暮れてのち手に掬ふ飴色の金魚を　永井陽子『てまり唄』
円形の和紙に貼りつく赤きひれ掬われしのち金魚は濡れる　吉川宏志『青蟬』

金魚というと赤い色を想像するが、永井さんは、「飴色」なのだ。「死にたくてならぬ」と繋がるものがあるような気がする。吉川さんの、よく知られている歌だ。下の句に注目したい。

ポスト

ポストは近いところにあると、便利である。そう思ってからは、引っ越す先の近くにポストがあるかを確認することにしていた。幸いなことに今住んでいるところには、近くにポストが三つもあるのでとても便利である。三つのポストを使い分けて、手紙や雑誌を投函していた。三つのポストは午前と午後に二回の集荷があったが、突然に利用者が少なくなったという理由で、一方的に集荷の回数が減らされてしまった。幸いなことに家から二分ほどのところのポストの集荷の回数は、変わらないことが分かったので安心した。

一日に二回の集荷があると、とても便利である。以前は集荷をしてくれていたので、雑誌を送る時には便利であったが、日本郵便が集荷のサービスをしなくなってからは、仕方がないので大量に雑誌をポストに投函することにした。午前中に思い切り投函して、午後にさらに投函すると、百冊くらいはすぐに捌くことができる。他の二つのポストは午後一回の集荷なので、時間を見計らって投函することにしている。

頻繁に行っている郵便局の職員からは、今日はたくさんの雑誌が入っていましたと言われる始末である。それでも集荷をしてくれないのだから、投函するしかない。以前は車で運ぶことができたが、免許証を返納してからは、自転車に頼るしかないのだ。自転車では積める雑誌も、たかが知れている。しばらくはポストに投函する日が続きそうである。

夜《よは》に成れる原稿もちて寝しづまる道をゆくポストのあるところまで　木俣　修『去年今年』
タバコ屋の寡婦甲斐甲斐し水かけて郵便ポスト洗えるところ　岡部桂一郎『一点鐘』
祖母よりの便りひらけば坂下のポストへ向かふ杖の音聴こゆ　松本典子『いびつな果実』

一首目は、明日を待って投函をすればよいのだろうが、一区切りつけたいという気持ちが強いのだろう。深夜でも投函をするために出かけるのだ。二首目は、店先に設置されているポストを詠んでいる。今日ではポストを洗っている人を見かけることはない。「甲斐甲斐し」く洗っているところがよい。三首目は、祖母からの便りを読んでいるのだ。投函をする祖母の杖の音までも聞こえてきそうな、心温まる大切な手紙なのだろう。

稀覯本

以前、「朔日」に身辺整理や終活といったエッセイを書くことがあった。自身の年齢を考えれば、いよいよ本格的に断捨離を始めようとした矢先に、木俣修先生の書庫に収納されている本を一度見てくれないかと遺族から連絡を受けた。木俣先生の所蔵する書籍類の膨大なことは、話には聞いていた。歌人必携の『昭和短歌史』などは、資料を駆使しなければ刊行することはできなかったと思っている。その先生の蔵書に触れることは、気圧されそうな気持ちではあった。

何度か先生の家には伺っているが、書庫に入ることはなかった。初めて入った先生の書庫は、雑誌類は雑誌類で創刊号から整然と並べられていた。「短歌研究」も改造社時代からのものが揃っていた。「日光」「多磨」も創刊号から揃っていたが、長い年月を経ているので、取り扱いは慎重にしなければならなかった。

一九一三（大正2）年に刊行された『桐の花』も初めて手に取ることができた。拙宅に在る

『桐の花』は普及版である。仕事をするには普及版でも差し支えないが、まったく装幀が異なっているのだ。写真などでは見ることがあっても、現物を手にすると、白秋の気息が伝わってくるような感じがしてならなかった。

四畳半の書斎いよいよ狭くなり本をよけて坐る中の机に　長谷川銀作『夜の庭以後』
見たりしは昔の雲か駿河台くだればば古書店街の本の匂ひよ　築地正子『菜切川』
古書市に『晩夏』ひらけば献じしも献じられしも現世になし　影山一男『若夏』

一首目は本の整理に困っている様子が窺える。多くの人は、寄贈された本を粗末に扱う訳にもいかないので、身を狭くして暮らしているのが現実だ。二首目は、神保町の古書店街を訪れた折の歌だ。本の匂いがすると感じるのは、よほどの本好きなのだろう。三首目は、古書市で宮柊二歌集『晩夏』に出会ったのだ。歌集を送った柊二も送られた人もすでにこの世にはいないのだ。古書店を巡っていると、献本された歌集に出会うことが多い。作家で古書店主であった出久根達郎さんが、以前「日本文藝家協会」の会報に、「本は捨てないで下さい。古書店に売って下さい」と書いていたのを記憶している。古書は誰かの手に再び落ち着くことを願っているのだ。

食指が動く

長年続いていた冬の行事が、近年は行われなくなってしまった。年が明けると左義長や「どんど焼き」などと呼ばれている火祭りを、見ることも無くなってしまった。かつては正月の飾り物の門松や注連飾りを燃やす火で、餅を焼いて食べたものだ。燃えさかる火の上に直接餅をのせて焼くので、燻り臭いものであった。しかし、その餅を食べると、一年間は病に罹らないとも言われていた。

二月の行事に節分がある。この頃には、各家庭で郷土料理の「しもつかれ」が作られた。「しもつかれ」については、以前にエッセイに書いたことがある。節分で使った残りの豆を使った料理なのだ。この「しもつかれ」は、見た目は悪いので食指が動かない人が多いが、とても美味なのだ。時間をかけて煮込んだ「しもつかれ」は、冷めてしまっても、味がよい。冬場に作るので、長持ちする。ひんやりとした味がまたよい。正月に飲み過ぎて疲れた胃を、慰めてくれるのだ。

旅行をしていると、各地の珍しい食べ物を味わうことができる。

どんがら汁などといえば何がなし心温みきて人の恋しき　大滝貞一『渾元』
正月の鰰《はたはた》鮨をつけこむと氷雨にぬるる笹の葉を採る　菅原恵子『火色の柿』
湯気あがる鹿鍋かこみ沁々と谿に仕留めしさまにはふれず　仲　宗角『燕脂雪』

一首目の「どんがら」の意味は、魚の粗《あら》のことである。ぶつ切りにした鱈の粗と、野菜や豆腐を使った汁物だ。大滝さんは、新潟県の出身。「どんがら汁」と聞くだけで、故郷を想い出したのだろう。かつて車で富山や金沢までよく出かけた。国道沿いには幟旗が立っていた。「どんがら汁」ではなくて、「鱈汁」と書かれていたような記憶がある。早速頂いたことは言うまでもない。二首目の菅原さんは、秋田県に住む人だ。鰰鮨を作るのは、年中行事になっているのだろう。三首目の仲さんは、尾鷲市に住む人。鹿鍋を囲んでいる人たちは、誰も仕留めたことは話さない。ただ、味わっているのだ。
高知県の四万十市を訪れたときに、鱓《うつぼ》を味わったことがある。土佐の皿鉢料理は知られているが、鱓を味わうことを、ぜひとも勧めたい。

新型コロナウイルス

新型コロナウイルスが、世界中を震撼させている。最近では、新型コロナウイルスの変異株も感染が広がっているとも言われている。なかなか終息の見通しも立っていない。感染が怖いわたしは、二十年も通っていたプールに行くことを止めてしまった。怖がらなくても大丈夫とプール仲間は言っているが、密になるところには行かないと決めている。

それまでは毎日プールに行っては、一時間ほど水中歩行していたが、止めてからはあまり運動をしていない。さぞや体重が増えているだろうと思ったが、それほどでもなかった。動かないので、食べる量も減っているのだろう。籠ってばかりいては身体によくないので、毎日の散歩は欠かさない。散歩の帰りにはスーパーに寄って買い物をしてくる。最近ではわたしが料理人みたいなものなので、材料は好みのものを買ってしまうことが多い。スーパーも密になることが多いので、短時間での買い物を心がけている。

なにしろ感染が怖いのだ。若くて体力があれば心配はないのだろうが、もはや後期高齢者、さらに持病のある身であれば、罹ったら二度とこの世には戻れないような気がしてならない。しばらくは人との接触を避けなければならない日が、続きそうだ。

生徒さん皆マスクして受講せり高齢なれど休む人なく　　奥村晃作「コスモス」21・2
われのみはマスク外して話し継ぐ簡易シールドの備えがあれば
対ウイルスの備え尽してカルチャーの教室すべて復活したり

最近の雑誌には、コロナウイルス関連の作品が夥しい。掲出歌は、カルチャーセンターの様子が詠まれている。教える人も教わる人も、誰もがマスクをしているのだ。学校ではオンラインでの授業なども行われているが、対面の授業に優るものは無い。
わたしも冬期のカルチャーを休みにしていたが、春期のカルチャーを五月から始めることにしている。感染対策を守っての開講であるが、会場の教室までは電車にも乗らなければならないし、乗り換えに混雑した池袋駅を通らなければならない。何時どこで感染するかわからないので、これほど怖いウイルスはない。自分の身は自分で守るしかないのだ。

終刊号

百年も続いている雑誌もあれば、短い期間で終刊を迎えてしまう雑誌もある。大方は会員の減少が要因になっている。なかには惜しまれながら終刊をせざるを得ない雑誌もあった。わたしは、今までにさまざまな雑誌を見てきたが、惜しまれて終刊号を刊行した雑誌に「かりうど」がある。「かりうど」は、一九九五（平成7）年に青井史さんによって創刊された。創刊十年を記念する会は、盛会であった。花に囲まれた主宰者の青井史さんの喜びに満ち溢れた姿が、今でも目に浮かぶようだ。頂いた「花は参会者には分けない、会の開かれている間、会員とともに喜びに浸るのだ」との言葉が、忘れられない。いかにも会員の一人一人を大切にしていた青井さんらしい言葉であった。

しかし、だれもが予想していなかった「かりうど」の終刊号が、二〇〇六（平成18）年に刊行されたのだ。終刊号は、青井さんが生前に刊行している。理由は、青井さん自身の体調不良とのことであった。「終刊」という文章を巻頭に記している。

この号で「かりうど」を終刊することにした。直接の理由は私の体調不良によるが、主だった会員で続けていく方法もある。ただ私は心情的には賛成できないでいる。たとえばひとりの人間の持っているどんなささやかな才能や個性でさえ継いでいくことはむずかしい。習練によって継いでいけるものもあるが、これは芸道であろう。少なくとも文学とは少し違っているように思われる。

豊かな才能を持った人はいるが、わたしの代わりになってくれる人はいないと、お酒を共にした折によく言っていたことを覚えている。終刊号には、

右肺はわが涙壺たつぷりと水をたたへて映されてゐる　　青井　史
病む者は真夜も病みつつひと夜さへ病む音をたて耐へてゐるなり
死は一人の完結と言ひしは誰ならむ完結するまでが苦しい

これらの作品を含む二十四首が発表されている。

葬儀の後に近くの喫茶店で思い出話をして帰ったのが、つい先日のように思われてならない。十二月の末の寒い日であった。あれからすでに、十四年の歳月が過ぎてしまった。

封書と葉書

人から頂いた手紙を、用事が済んだからといって直ぐに捨ててしまうことはできない。結婚した頃の手紙や葉書を、今まで保管していた。再び見ることのない手紙や葉書を溜め込む性格が、災いしているのかも知れない。いつの間にか、段ボールに幾箱も溜まってしまった。そろそろ断捨離をしなければという思いから、部屋の片づけを始めた。先ずは二階の二部屋を片付けた。子どもたちが使っていたが、たくさんのものを残したままで家を出てしまったので、訳の分からないものが、山ほど残っていた。それらを処分するのに、一週間ほどかかってしまった。ものが無くなって広々とした部屋に、溜め込んでいた手紙類を持ちこんで整理を始めたが、捨てるのが惜しいと思っていると、全く減らない。ここは感情を抜きにして捨てなくてはと思って、整理をすることにした。なにしろ五十年も溜め込んでいたので、懐かしさが込みあげてくる。手紙の大方は、すでに亡き人から来たものだ。それだけに、捨てがたい気持ちが湧いてくる。全く忘れている出会いを思い出させてくれる手紙もある。時間が半世紀も戻ったような感じになって、懐かしい場所に佇んでいることもある。

身辺をととのへゆかな春なれば手紙ひとたば草上に燃す　　小中英之『わがからんどりえ』
花水木ひらきたる日に旧仮名でしたためられし手紙とどきぬ　　鶴田伊津『百年の眠り』
ひらかれた手紙のようなひまわりの丘へとうでをとられつつ行く　　里見佳保『リカ先生の夏』

小中さんの歌。いつまでも思い出に捉われていては、前に進めない時もあるだろう。手紙の一束を燃やして、新しい世界に踏み出そうとしている。瑞々しい鶴田さんの歌は、相聞歌なのだ。「旧仮名」の手紙を出した人には秘策があったのだろう。里見さんの歌。「ひらかれた手紙のような」の比喩が効果的。未来に向かって歩いていく二人の姿が見えるようだ。
まだまだ整理をしなくてはならない手紙が、たくさん残っている。しばらくは亡くなった人とのひとときを、過ごすことが多くなりそうだ。楽しい時間でもあり、ほろ苦い時間でもある。

ピアノ

わたしは器用な方だと思っていたが、不器用なのを思い知らされた時がある。なにしろ、楽器は何ひとつ演奏することができない。自慢ではないが、ハーモニカを吹くこともできない。下校する子どもたちのランドセルの脇に縦笛が挿してあるのを見ると、羨ましい限りである。

結婚した相手が、ピアノが好きだった。しかし、借家住まいの身では、ピアノを置くことはできなかった。最初は実家にあった古いオルガンを貰ってきたが、連れ合いはすぐに物足りなくなってしまった。かといって借家にピアノを置くことはできないが、こっそり縦型（アップライト）を購入した。

所沢に引っ越してからは、ピアノを置く余裕があった。子どもたちもピアノに親しんでいたので、わたしもと思ってバイエルに挑戦した。しかし、右の手と左の手が同時に動くことはなかった。直ぐに挫折したことはいうまでもない。とても楽器は無理なことが分かってからは、ただただ聴いているだけであった。

ピアノが好きな人は、弾いていると物足りなくなるらしい。縦型ではなく、平型（グランド）が欲しいと言い出したのだ。グランドピアノを置いたら一部屋を占拠してしまう。それでも欲しいと言って、連れ合いは手に入れてしまった。現在の住まいに移って二台目のグランドピアノを手にした。そのピアノを長年使っていたが、そろそろ断捨離と思って、手放すことを連れ合いに言ったが、最初は聞き入れてもらえなかった。ピアノを弾くことがない人には、気持ちが分からないとまで言われた。何日かして、連れ合いも覚悟を決めたらしい。手放すことを承知してくれた。代わりに縦型を買うかもとの威しはあったが、わが家から平型ピアノが消えることになった。

花嫁の最後の荷なり宙吊りのピアノ揺れるる桜の空に　萩岡良博『木強』
傘二つひろげて待てば妹はピアノに鍵をかけて出で来ぬ　大西民子『無数の耳』

一首目、新しい生活を始めるための荷物が運び込まれる。最後は、花嫁のピアノなのだ。幸せの音が聞こえてきそうだ。二首目は、日常の一齣が、一枚の絵のように鮮明に詠まれている。

地図

コロナ禍で出かけることも、ままならない。旅行を斡旋する旅行会社では、営業政策の一環としてオンラインの旅の案内をしている。わたしのスマホにも毎週のように旅の誘いがくるが、オンラインの旅には興味がないので無視している。旅に行けないわたしは、オンラインの旅よりも地図を開いて空想を膨らませて各地に出かけるのが好きなのだ。

そのために、最新版の地図と時刻表は常に手元に置いてある。とくに地図は大事だ。わたしの愛用している地図は毎年、昭文社から出ている。今年の「なるほど知図帳日本2021」には、「5Gによる日本の未来」「東京オリンピック・パラリンピック」「withコロナで変わる日本」「東日本大震災から10年」といった特集が組まれている。単なる地図帳ではなくて、その年の話題が満載されているので、「地図帳」ではなくて「知図帳」なのだ。楽しむことができる。

地図だけを楽しむならば、毎年求めることも無いが、知っておきたいニュースや話題が満載されているのがよい。「県勢一覧」なども楽しみにしている。わたしの生まれた栃木県の県勢には、今でも興味がある。栃木県は、二〇〇九年には市が14、町が17あった。二〇二一年には市が14で変わっていないが、町が11に減ってしまった。村は一つもない。東京都でも村は八つもあるのに平成の大合併で村が0になってしまったのだ。当然のことながら、わたしが長い間親しんだ町の名は、地図の上からも消えてしまった。

鉛筆をなめなめ次の逢う場所に丸つけて地図にわが愛を置く　浜田康敬『望郷篇』
色刷りに変はりし五万分一地図をひろげて遊ぶ二日ばかりは　吉田正俊『流るる雲』
あやまりにゆくとき地図にある橋は鷗の声にまみれてゐたり　魚村晋太郎『銀耳』

浜田さんは、「成人通知」で第七回角川短歌賞を受賞している。地図の上に「わが愛を置く」で決まった歌だ。吉田氏は、かつての「アララギ」の重鎮。地図を広げて楽しんでいる様子が窺われる。魚村さんは、京都在住の歌人。個性的な作品をたくさん残している。仕事関係で地図を頼りに「あやまりにゆく」のだろう。「鷗の声」は励ましになったのだろうか。地図の上を歩いていたら、故郷にたどり着いた。

金庫

超低金利の時代、貯金（銀行や他の金融機関は預金という）をしていても利息は期待できない。一昔前までは、郵便局の定額貯金をしておくと、十年後には利息が加わって倍になるということもあった。しかし、いまはそんな夢のような話はない。時代は変わって、今ではマイナス金利などという言葉も聞かれる。

金融機関にお金を預けていても利息は微々たるものにしかならないので、預けないで箪笥預金している人が多いらしい。その証拠に、「オレオレ詐欺」のニュースを聞いていると、何百万何千万のお金が、いとも簡単に詐欺師の手に渡っている。詐欺師の調べがついているわけではないだろうが、自宅にお金を置いている人が多いらしい。預けておいても利息がつかないならば、税金のかからない箪笥預金がよいのだろう。ただし、自宅にお金を置くのに箪笥では不安という人が増えたのか、最近では金庫の売れ行きがよくなっているという。

実はわたしも金庫をもっている。購入して四十年にもなろうとしているが、お金を仕舞ったということは一度もない。家の権利証と木俣修先生の大切な原稿を仕舞っておくだけであった。しかし、金庫の中に仕舞っておくのはしのびなく、今では空の状態である。なにしろ金庫は重い。もっとも軽かったら誰でも持ち出すことができてしまう。そろそろ処分をしようと思っていたら、金庫の需要が増えているというので、しばらくは廊下の隅にでも置いておこうと思っている。
先日、室井滋のトークを聞いていたら、冷蔵庫ほどの大きさの金庫を持っていることを告白していた。余りの大きさに部屋には入らないので、駐車場の隅に置きっぱなしであるという。もちろん鍵も掛けてないので、金庫の役目は果たしていないらしい。金庫を詠んだ歌があるかと探したが、さすがに見つからなかった。

口あらぬＡＴＭが急かすなり口あるわれを意思もつわれを　三井ゆき『天蓋天涯』
いやおうもなし通帳に「原子力立地給付金」振り込まれくる　田宮朋子『雛の時間』

ＡＴＭ・通帳といった金融機関に関わる歌を二首紹介しておく。

新商品

コロナ禍で低迷している日本経済の中で、生き残りをかけたさまざまな商戦が繰り広げられている。飲食関係は勿論だが、かつては花形企業であった銀行も、今やさまざまな商品を企画して、客の心を摑もうとしている。

景気の良いときには銀行の預金金利も馬鹿にはならなかったが、今では金利を期待している人はいないと言ってもよい。銀行は、かつては金利の高い商品をしきりに勧めた。退職後は老後のために預金を増やしてはと、何度も声をかけられた。箪笥預金は怖いので、金庫代わりに預けていると言っても、なかなか理解してもらえなかった。銀行員は、預金者はお金を増やすことを楽しみにしていると思っているらしかった。

超低金利の今日では、増やすことよりも老後を考えた預金をすることをしきりに勧めている。老後というよりは、亡くなったときに、凍結されてしまう預金を心配しているのだ。例えば連れ合いや子どもたちが急に葬儀のお金が必要だと言っても、預金を直ぐには解約できないというのだ。できるようにするには、死亡する前に契約が必要になるのだ。

金利はいっさい付かないが、元本を保証して亡くなったときには、すぐにでも預金を引き出すことができるという商品なのだ。熱心に勧めてくるので、話だけはと聞いたが、まだその気にはならない。しかし、何れは考えなければならないのだろう。

銀行の二階がこよひ灯りゐていまだも励む処女《をとめ》ら見ゆる　田谷　鋭『乳鏡』
鳩のやうな新人銀行員の来て青葉の新興住宅地に迷ふ　米川千嘉子『滝と流星』

銀行員は、三時に店を閉めてからが大変だと言っていた。事実かどうかは不明だが、当日の収支が一円でも合わないと帰宅ができないなどとも聞いていた。

一首目は、店を閉めた後の銀行の様子が詠まれている。「いまだも励む」は、同情とも哀れともとれるのだ。二首目は、新人の銀行員なのだ。初句の「鳩のやうな」がいかにも新人の行員らしい。行員には、相当なノルマが課せられると聞いている。年金暮らしのわたしにまで、ときどき電話がかかってくるが、無い袖は振れないと断っている。

オレオレ詐欺

詐欺の方法もあの手この手と進化している。わたしだけは騙されないと思っている人が、意外にも騙されている。わたしの住んでいる所沢市は、不名誉なことだが埼玉県でもっとも被害の多い市として知られている。駅前のATM前には警察官が立っていて、一人一人に声をかけている。
口あらぬATMが急かすなり口あるわれを意志もつわれを　　三井ゆき『天蓋天涯』
わたしは騙されないと思っている人は、騙されやすいと言われたことがある。最近、拙宅にも不審な電話がかかってくる。わたしが出ると切れてしまうのだ。受話器を取ってもしばらく無言であるが、相手先には人の居る気配がするのだ。男が出ると切ってしまうのは、女性が出るのを待っているのだろうか。そういえば、騙されるのは大方女性に限られているとも言われている。
実のところ連れ合いが騙されかけたことがある。一人でいる時に電話がかかってきたのだ。

受話器を取ると、泣き声が聞こえるというのだ。誰かというと、息子だと答える。即座に警察官という人が電話に出る。実は息子さんが池袋で痴漢をしたというのだ。さらに被害者の夫という人が出る。さらに、弁護士まで電話に出てきたというのだ。息子は池袋に居る筈はないと思っても、次々に電話口に出る人たちに連れ合いは混乱してしまったという。

印鑑と通帳を用意して家を出そうになったときに、どうも変だと気がついたのだ。現場に被害者、更にその夫、警察官、弁護士と役者が揃うわけがないのだ。直ぐに一一〇番をしたことは言うまでもない。連れ合いからの連絡を待っていた男の催促の電話に、一一〇番に通報したことを告げると、「これから殺しに行く」と言って電話は切れたのだ。

そんなことがあってから、我が家では常に留守電にしてある。困ることはない。必要に迫られた人ならば、留守電にメッセージを残しておいてくれるからだ。一度騙されかけた連れ合いには、電話にはすぐに出ることはないと言ってある。留守電にしておいても、相手の声は聞こえるから、声を聞いて、確かな人であれば応答すればよいのだ。

包丁を抱いてしずかにふるえつつ国税調査に居留守を使う
穂村　弘『手紙魔まみ、夏の引越し（ウサギ連れ）』

細断

個人情報の漏洩が厳しく言われている。洩れやすいものとして身近なものは、住所録などがある。今では幼稚園や学校などでも、連絡網を廃止しているところが多い。かつてはアルバムなどにも住所が載っていたが、よくも悪用されなかったと思っている。
個人情報を知られるのを怖れているわたしは、アンケートなどには応えないことにしている。必ず他には使用しないと書いてあるが、信用できるものではない。友人はアンケートに住所を書くときに、最後の番地の後に（A）や（B）を付けるのだと言っていた。そうしておくと、あるとき突然知らないところからカタログなどが送られて来た時に、番地の後に（A）があればあの店がリストを横流ししたことが判明するのだ。

二度出して返信なきは抹消すアドレス帳にも人生の皺　西勝洋一『西勝洋一歌集』
Asanagiというアドレスを持つひとに会うために来て松江を歩く　吉野裕之『ざわめく卵』

西勝さんの歌には、潔さが見られる。さらに言うならば、返信をしない人にもそれなりの理由があるというのだ。吉野さんの歌は、初めて会う人なのだろう。未知の人との出会いの不安よりも、楽しみがあるのだ。松江の街は、一生忘れられないだろう。

断捨離を始めたので、古い住所録や手紙類を処分することにしているが、如何にするかで迷っていた。何しろ校友会名簿などは、辞書並みの厚さがある。以前なら燃やしてしまうこともできたが、いまはそれもできない。手紙は鋏で細かく刻んで捨てていたが、手に肉刺《まめ》ができて長くは続かない。

悩んでいたところ、シュレッダーを買うことを勧められた。欲しいとは思っていたが、どれほどの性能なのかが分からなかったのでためらっていた。買うならば、家庭用の安いものでは使い物にはならないと言われたので、思い切って業務用を購入した。業務用は、段ボールやCDなども細断することができるので、とにかく便利である。

シュレッダーで切り刻んでいる時の音は心地よいものではないが、手当たり次第に細断していると、一瞬にして機密書類が消えていくようで、別の心地よさがある。ただし、刻んだ資料などは二度と復活させることはできないので要注意だ。

日本三景

一生のうちに、日本三景だけは行ってみたいと思っている人は多いだろう。今どきの若い人たちに日本三景はどこか、などと言っても知らないと言われるが、わたしの子どもの頃は日本三景こそ素晴らしい景色で、一生に一度は行ってみる価値があると言われていたのだ。松島、厳島、天橋立が日本三景と言われている。

松島と厳島には行ったことがあるが、天橋立だけは行く機会がなかった。十一月に「京丹後市小町ろまん全国短歌大会」に呼ばれていたので、この機会を逃したら一生天橋立には行けないと思っていた。

日本三景と言われる言葉は、パンフレットによると、元禄二年に福岡藩の儒学者であった貝原益軒が、天橋立を旅行したときの記録「己巳紀行」のなかに初めて登場したと記されている。

訪れた天橋立は雨模様であったが、歌の素材にするのにはよいだろうなどと、強がりを言いながらリフトを使って笠松公園に向かった。映像では何度も見ている股のぞきからの眺めを期待していたが、小雨のためか想像をしていた景色とは違っていた。それでも股のぞきを体験できたことは、よい思い出となった。同行者は二十五年も続けて京丹後市に来ているので、天橋立も知り尽くしていて、自身の庭のような感じで案内をしてくれた。コロナ禍でどこにも出かけられなかったが、久しぶりの旅を楽しむことができた。

往復の切符を買へば途中にて死なぬ気のすることのふしぎさ　斎藤　史『風翩翻』
旅絵師と見られてわれは宿帳に絵師とぞしるしひと夜寝んとす　木俣　修『呼べば谺』
「めし」とのみ書かれた店に入りゆく石仏めぐりの旅の終わりに　松村正直『やさしい鮫』

斎藤史さんと同じように、今回の旅では往復の切符を求めたが、帰りの切符を持っていれば、無事に旅から帰れるなどとは一度も思ったことがなかった。木俣修の歌は旅の歌ではあるが、自身の風貌を詠んでいるところに面白味がある。「絵師と見られて」「絵師とぞ」記すところが、いかにも木俣らしい。松村さんの歌は、街中をよく見ている。さまざまな看板が街中にはかかっているが、「めし」は目立ったに違いない。旅の歌はつまらないなどと言う人もいるが、旅にこそ旅人の人柄が出ると思っている。

真鍋正男氏を悼む

木俣修先生のもとで共に長く歌を学んできた、真鍋正男氏の急逝の報せを受けた。とても信じられないことであった。わたしよりも四歳年下なので、まだまだ結社の仲間を牽引してもらいたいと思っていた。「形成」解散後は、それぞれが異なった道に進んだが、彼が編集責任者になって刊行された「波濤」は、創刊号から寄贈を受けていた。毎月の雑誌を頂くと、先ずは巻頭の鳥の写真を見ることにしていた。さらにその鳥についてのエッセイを読むのが楽しみだった。月々の作品も、エッセイに関連した五首を発表していた。テーマを決めて詠んでいるのは、彼の忙しい日常から考えられたのではないかと思われた。

最後に会ったのは、三年前になる。二〇一八年十二月二十日に、現代歌人協会の忘年会が学士会館にて行われた。滅多に顔を見せない彼が珍しく顔を見せたので、久しぶりに飲まないかと二次会に誘った。

当夜のメンバーは、大島史洋、沖ななも、内藤明、下田秀枝に真鍋氏であった。下田さんが新会員として長崎から上京したので、彼も快く呑むことを承諾してくれた。何年も共に呑むことはなかったが、呑んでいるうちに、三十年近くの空白はたちまちに埋めることができた。久しぶりに心地よく酔ったが、貴重な時間であった。再会を約して別れたが、その後に会うことはなかった。
二〇〇〇年六月刊行の『現代短歌大事典』(三省堂)に、彼について記している。久しぶりに開いてみると、一九八五年に刊行の第一歌集『雲に紛れず』が、第三十回現代歌人協会賞を受賞していることや、形成若手の研究誌「騎手群」に参加のことが記されている。

いつまでも気球のごとくたよりなきかなしみ浮かべゐるきみならむ
砂時計の砂のごとくに光りつつ天《そら》より落ちてくる小鳥たち
真鍋正男『雲に紛れず』

歌集は一冊しか纏められていないのが、残念である。仕事に忙殺されていて、歌集を纏める時間がなかったのだろう。ある時、テレビで在職中の彼の姿を見たことがある。関係機関の不祥事のために責任者の彼が、謝罪の記者会見をしていたのだ。仕事から離れて自由な時間が取れるようになってからの急逝は、何といっても悔しくてならない。

ネット通販

都市部の大型店舗として知られていた「東急ハンズ」池袋店が、昨年の十月末をもって閉店になってしまった。勤めていたころは、必要なものは何でもそろうということで、往きかえりによく利用していた。常に賑わっていただけに、閉店には驚いている。

東急ハンズといえば、俵万智さんの歌をすぐに思い出す人は多いだろう。


大きければいよいよ豊かなる気分東急ハンズの買い物袋　　俵　万智『サラダ記念日』

買物をした後に大きな袋を下げていると、人はなぜか豊かな気分になるものだ。

今日では、大型の店舗は都市部では必要ないとも言われている。まして東急ハンズのように都市部の一等地に店を構えるとなると、それなりの売り上げが無ければ経営が成り立たなかったのだろう。最近では、ネット通販で品物を購入する人が増えている。電化製品を買う場合などは、大型の電気店には行くが買わないという。品物と値段を確かめに行くのであって、購入はネット通販でという訳だ。

昨年から断捨離を始めている。思い切ってグランドピアノを手放した。応接セットは処分した。客が来た時だけにしか使わない応接セットは、なくても困らない。ピアノと応接セットがなくなって、広々とした空間を見ると、もっと早く処分をすればよかったと思って、後悔することしきりであった。

しかし、しばらくすると、空間に何かを置きたくなるものだ。座机を買ってしまった。それも特別に大きな座机である。自室で毎日使っている机も大きいが、雑多なものが置かれていて、ノートパソコンを置くだけのスペースしかないので困っていた。

近くには家具店は無いので、仕方がなくネット通販での注文である。実物を見ているわけではないので、品物が手元に届くまでは少々の心配はあったが、それは杞憂にすぎなかった。

コロナ禍で、出かけることが少なくなってしまったので、今はネット通販での買い物にはまっている。レーザープリンターのトナー、シェーバーの洗浄液などである。品物が決まると、息子にLINEでカタログの写真を送って注文してもらう。支払いは息子がしてくれる。親孝行をしてもらっている。

山上小学校

木俣修先生の作詞した校歌は、小学校から高等学校まで知られている。なかでもよく知られているのは、木俣修作詞、平井康三郎作曲による、滋賀県の近江高等学校の校歌である。近江高等学校は、高校野球の甲子園の常連校であるから、興味のある人ならば球場に流れる校歌を一度は聞いたことがあるだろう。

先日から書斎の片付けをしている。捨てられないで何十年も溜め込んでいた中に、木俣先生が作詞をした山上小学校校歌のプリントが出てきた。山上小学校は、木俣先生の母校でもある。作曲は平井康三郎である。山上小学校には、明治三十九年十一月五日発表の校歌があったが、昭和二十九年以降は先生の作詞した校歌が歌われるようになったのだ。

プリントに印刷されている木造の校舎を見て、四十年も前の思い出が蘇ってきた。一九八一(昭和56)年の十月に、岡山県玉島の円通寺にて、征矢《そや》ひとつ放つおもひに秋光《しうくわう》裡老のいのちをふるひたたしむ　　木俣　修『雪前雪後』

の木俣先生の歌碑の除幕式が行われた。当日は四国から井上正一も来ていた。久しぶりに会ったので、このまま別れるのは惜しい。久保田登と三人で先生の学んだ山上小学校へ行こうということで、話はまとまった。

除幕式が終わってからでは、その日に小学校までに行くことはできないので、とにかく米原まで出て一泊することになった。夜の十時過ぎに宿に着いて、食事もしないで早朝に出発するという三人組を、宿の主は不思議な人たちと思ったに違いない。

とにかく翌日には山上小学校に着くことができた。プリントで見た木造校舎は変わっていなかった。その折の写真が今でも残っている。近くの永源寺も訪れることができた。土産に何かと思って店内を覗いてみると、レンガ色をした蒟蒻が並んでいた。初めて見る蒟蒻である。聞くところによると「赤蒟蒻」といって、鉄分を含んでいるとのことであった。

三人とも若かったので無茶な旅であった。井上は四年後の一九八五（昭和60）年一月に急逝。思い出を残して、逝ってしまった。

得意な料理　続

若い頃から台所に入るのは、少しも抵抗がなかった。男子厨房に入るべからず、などという言葉はわたしには無縁であった。小さい頃から母親の手伝いなどをしていたのを、最近になって思い出している。母親と二人で手製のマヨネーズを作ったこともある。分離しないように懸命に卵と油を攪拌しても、時どきは失敗をして、何度かやり直したこともあった。

最近になって、三度の食事を作ることに挑戦している。時間がないので出来合いで済ますことが多かったが、好みのものばかり食べていると身体によくないので、野菜などを買ってきては料理をしている。料理をしていると言っても、野菜などは茹でたり炒めたりすればよいので、時間もかからないし簡単である。

ある日のこと、魚の切り身を買ってきた時に、連れ合いが勝手に煮ているので怒ったことがある。味付けはわたしの仕事なので、手を出してもらいたくないのだ。それ以来、連れ合いは手を出さない。料理ができる人で良かったと、涼しい顔をして見ているだけである。

ほうれん草、小松菜、ブロッコリーなどは欠かさないようにしている。茹でる時間も勘を頼りにしているが、何とかなっている。ブロッコリーは、茹ですぎると美味しくないので、固めにしている。仕事で家を空ける時には、作り置きのできるものを用意するようにしている。定番のカレーやシチューはお手のものだが、最近では行きつけの豆腐屋の油揚げを、味を濃くして煮ておくことにしている。プロの料理人は男性が多い。プロとは思わないが、自分の好みの味の料理を食べることは、喜びである。

カット野菜ぶっこんで食べるカップ麺からだあたたかく感慨はくる　山下　翔『meal』
包丁にいろいろの切り方剝き方をためせば蜜柑のひと冬が過ぐ
薄切りのタンのいくひらかがよへる白き皿の上《へ》にうちかさなりて
二割引きばかりを選びそろへたる夕餉のなかに缶ビール置く

包丁に切り方を試したり、二割引きの品を買うなどといった歌からは、自身も台所に立って料理をすることが多いのだろう。山下さんの歌はとてもリアルであって、親しみが感じられる。

窓の視界にある椿

深緑の美しい季節になった。この季節には窓を大きく開いて、庭を眺めていることにしている。古家を購入したので、しばらくは庭もそのままにしておいたが、手入れが大変なので、できるだけ丈の低い木々を残して切りそろえた。

庭から真っ先に伐採したのが、ヒマラヤ杉である。枝をいくら詰めても伸びてくるので、いつの間にか屋根を越える高さにまでなってしまったのだ。その次に伐採したのが、公孫樹である。これは以前住んでいた上井草の近くの神社で拾った銀杏《ぎんなん》から育てたものだ。植木屋からは、庭に公孫樹は植えるものではないと言われていたが、思い出が詰まっている木なので、なかなか伐ることができなかった。移転をしたときにあった四本の松の木は、手入れをしなかったら自然に二本が枯れてしまった。

少し殺風景ではあったが、植木がないと小鳥も来ないというので、空いたところに連れ合いが好きな椿を植えた。数えてみたら、十本近くが植えられている。その後も、椿の展示会などで小さな苗を貰ってきたのを植えて置いたら、大きくなってしまった。剪定を毎年していたが、素人は蕾のある枝は惜しくて剪り落とすことが出来ないのだ。植木屋に頼んだら、蕾のある枝も容赦なく剪り落としていた。
椿や山茶花は、枝が込み合ってくると茶毒蛾という毛虫がつくのだ。年に二回発生するのだが、この毛虫の怖さを最初は知らなかった。毒のある毛に触れただけで激しい痒みと痛みを感じ、皮膚に赤い発疹をおこすのだ。最初は何が起こったのが、分からないくらいだった。

新玉の蕾青める静かさを椿は保ち凪も止む
ゆっさりと花咲かせゐて朝々の鶫と睦めりまつかな椿
青椿くれなゐふふみくれなゐは花となりゆく三月は来ぬ
馬場あき子『青椿抄』

椿は花ばかりでなく、青々とした葉も美しい。とくに初夏の新芽は美しい。見ているだけで癒されてくる。もちろん花の時季には、窓からのぞいていると時間を忘れるくらいだ。小鳥がやってくる椿を見ていると、歌が生まれそうな気がしてならない。

辞書さまざま

手元に辞書を常に置いておく。『広辞苑』をもっとも多く繙くが、必要とあれば『新明解国語辞典』なども利用している。短歌のことを調べる時には『現代短歌大事典』が必要となる。他にも『古語辞典』『漢和辞典』等も必要なので、身の回りには常に辞書が置かれている。

最近、『エモい古語辞典』なる広告を見つけて興味が湧いたので、さっそく近くの書店に探しに行ってみた。自分で探すのは面倒なので、店員さんにお願いをした。しばらくすると店員さんが探してくれた本を見て唖然とした。その表紙たるや、とても辞書とは思えないのだ。下着姿の女性の楽しそうな姿がイラストとして描かれているのだ。店員さんにこの本ですかと言われても、違いますとは言えない。店員さんにしてみれば、老人が読む本とはとても思えなかったのではないだろうか。

古語辞典と言ってはいるものの、『エモい古語辞典』は一般的な辞典とはまるっきり異なっている。正直言って、何かを調べるというものではない。時間に余裕のある時に開くものだ。

いくつかの面白い項目がある。例えば、「書籍姫」などは初めて聞く言葉だ。解説には、「東京・四谷の金勝寺の境内に関東大震災で崩壊するまで墓があった正体不明のお姫さま。墓に耳をつけると朗読している書籍姫の声が聞こえてきたという。墓前のお堂にある本はだれでも自由に借りられるが、期限内に返却しないと毎晩書籍姫が夢に現れて催促するという都市伝説もあったとか」。事実ではないとしても、今も墓があったなら一度はお参りがしたくなる。

俺の辞書を折って使うな、どの辞書も妻の折りたる跡ばかりなり　永田和宏『百万遍界隈』
辞書一冊わが手に遺し南海へ征くと書き来て君の帰らず　山本かね子『ものどらま』
笑うとも喜ぶともわが作る方言辞典の腐るの項には　大島史洋『四隣』
広辞苑片手で持てる体力のまだ残れるをひとりうれしぶ　安立スハル『安立スハル全歌集』

辞書にはさまざまな思い出が詰まっている。使う人の喜びや悲しみもある。今や電子辞書全盛の時代だが、ときには薄い紙をめくって過ごす時間を大切にしたいものだ。電子辞書では味わえない、新しい発見があるかも知れない。

怖い夢

今年は暑い日が続いている。夜になっても気温は下がらないので、寝苦しい熱帯夜が続いている。クーラーをつけておいて十二時前には休むことにしているが、どうしても眠れない時がある。そうした時には横になっていても仕方がないので、再び机に向かっていることが、このところ多い。三時ごろになり睡眠不足になると身体によくないので横になるが、深い眠りを得ることは難しいようだ。それが起因しているのかは分からないが、夢を見ることが増えている。夢と思っているが、うつらうつらしている時に、空想をしているのかも知れない。とにかく不思議な時間を真夜中に過ごしている。

先日は、草原に寝ころんでいる夢を見た。大の字になって寝ていると、傍に小鳥が近づいてきて鳴いている。手を伸ばすと、その小鳥が掌の上にのっているのだ。優しく包み込むと、小鳥はおとなしく眠ってしまっている。小鳥と豊かな時間を共有している喜びに、浸ったひとときでもある。ある夜には、靴が無くなってしまった夢を見た。下駄箱に入れた筈の靴が、帰ろうとしたら無いのだ。実際にこうした体験をした記憶はあるが、もう何十年も前のことである。夢にはすべて要因があると言われている。小鳥と会話をしているようなときは、幸せなのだ。しかし、靴が見当たらないような怖い夢を見るときは、精神的にも不安定なのかも知れない。

しばしばも来る夢にしてまおとめの乳に針刺すわがおこないよ　岡部桂一郎『緑の墓』
ひたすらに恥づかしければ言はずおくおのれ山雀《やまがら》にて逃ぐる夢　伊藤一彦『火の橘』
夢のなか硝子の破片拾いゆくしだいに大きくまぶしくなりぬ　花山多佳子『樹の下の椅子』
ゆめはまばゆき若葉いろにて木々のなか人走るかも木のゆらげるは
渡辺松男『けやき少年』

夢の歌を探すと、かなりあるが、楽しい夢の歌は少ないようだ。どちらかというと、現実ではできないことを夢では自在に詠んでいる。岡部さんの「乳に針刺す」の歌の謎は未だにわたしには分からない。伊藤さんの歌。山雀になって逃げるところが、味噌なのだ。
熱帯夜はもう少し続きそうだ。寝不足にならない程度に、夜更かしをするしかないが、その後に怖い夢だけは見たくない。それには日常生活を、楽しく過ごすしかないのだろう。

鉄道開業一五〇年

一五〇年前に新橋・横浜間で初めて旅客列車の運転が、開始された。テレビやラジオでも、一五〇年を記念して特別番組などを組んでいる。当時の客車を再現したのを見ると、畳敷きの座席に下足を脱いで乗っている姿なども見ることができる。文明開化の象徴としての鉄道の開設に、当時の人たちの驚きが想像できる。

何十年後には、田舎にいたわたしも出かける時には鉄道を利用している。多くは私鉄の東武鉄道であったが、国鉄に乗ることもあった。最も利用したのが、両毛線である。両毛線は、下野《しもつけ》の国と上野《こうずけ》の国を結ぶところから付けられた名称である。栃木県の小山駅と群馬県前橋市の新前橋駅に至る。

わたしが利用したのは、小山駅と大平下駅の間であった。

私鉄の方が便利なので、大平下から先へは行ったことがない。帰省には、両毛線を利用する。ＪＲの小山駅での乗り換えになる。両毛線のホームは、一番外れたところにあるので、乗り換えには時間がかかるが仕方がない。
小山駅を出ると、次は思川駅だ。何年か前に、この「思川」が話題になって、観光客が訪れたこともあったが、今では乗り降りする人も数人にすぎない。赤字路線として、JRのお荷物になっているのではないだろうか。この思川駅を世に知らしめてくれたのが、歌詠みの小池光さんである。

思川《おもひがは》の岸辺を歩く夕べあり幸《さち》うすかりしきみをおもひて　小池　光『思川の岸辺』
思川の河原を埋めし穂すすきはましろになりてわれをいざなふ
運命としてしづかにも利根川の本流に入る渡良瀬川は
兄がゐていもうとがゐて一家族降りてゆきたり思川《おもひがは》の駅　同　「歌壇」22・10

小山駅から徒歩で十分くらいのところを、思川が流れている。駅名は、この川から取ったと思われる。普段は水量も少ないが、数年前の大雨の時には堤防を越えている。小池さんの歌集には、思川が何度も詠まれている。自然界の中に身を置きたい時には、小山駅で下車するよりは思川駅から歩くのがよいだろう。故郷を詠んだ小池さんの歌を読むと、明日にでも田舎に帰りたい気持ちになる。今でも父母の墓地には彼岸花が咲いているだろう。

砂川堀

近くに川が流れている所にいつかは住みたいと思っていたが、叶わなかった。子どもの頃には実家の裏に巴波川《うずまがわ》が流れていたので、小魚を好きなだけ獲ることもできたし、夏には思うぞんぶん泳ぐこともできた。最近、帰郷してみると川は以前のような水量はなく、したがって汚れもひどくなっていて、とても泳げる状態ではなくなっていた。おそらく、日本の多くの河川の抱えている問題ではないかと思われる。

今住んでいる近くにも、五十年前には川とは言えないまでも細々とした「砂川堀」という水路があった。家庭からの排水が流れ込み、臭気の漂うような汚い堀であった。県道に沿って流れていたので、自転車で出かけるときなどは、落ちないかといつもひやひやしていたものだ。いつのころであったか、道路の拡張を機会に暗渠となってしまった。今では堀の存在を知る人も少なくなってしまった。

散歩の折には、十キロ先の暗渠の出口まで来ることが多い。流れ出る水は、かなり綺麗になってきている。家庭用排水の処理が進んだからだろう。冬には鴨の集団がやって来る。通し鴨といって、夏になっても北地に帰らない鴨の姿が多く見られるようになった。何日もかけて北地に帰ることを、まさか嫌っているわけではないだろうが、鴨の世界にも変化が表れている。最近では、白鷺や青鷺を見ることもできる。遠くまで行かなくても、鳥の写真を撮るには絶好の場所になっている。近くに水量の豊かな川があればよいのだが、そんな贅沢は言っていられない。野鳥を見られるだけでも幸せと、今は思っている。

アバウトに川沿ひ来れば鴨の居て羽《は》づくろふ見ゆわたしも休まう　宮　英子『やがての秋』
鴨のからだの通りしほそき跡のこし薄暮の色にしづみゆく湖《うみ》　横山未来子『花の線画』
都市の谷間にくびられてゆく神田川自然の報復を誰も忘れて　築地正子『菜切川』

宮英子さんの歌は、散歩の折に詠まれている。初句の「アバウト」などは如何にも宮さんらしい。鴨の休んでいる姿に、自身も休みたくなったのだろう。横山未来子さんの歌は、美しい。湖に鴨の姿がまだ見えるようだ。築地正子さんの詠んでいるのは、神田川。大雨で何度も洪水をおこしている川だ。自然に逆らうと痛い目に遭うことを教えている。

カレンダー

暮れになると、駅頭などで新年の飾り物を売る店を見ることができたが、最近ではまったく見なくなってしまった。飾り物と並んで、カレンダーも置かれていた。カレンダーは貰い物で当分は間に合わせていたので、買い求めることはなかった。カレンダーで思い出すのは、井上正一の歌である。

カレンダー明日に直して病室を出で来つ遂に父を捨て得ず　　井上正一『冬の稜線』

この作品が最初に発表されたのは、一九六二（昭和37）年。第八回角川短歌賞受賞作のなかの一首であった。すでに六十年も前のことである。井上は「形成」の俊英として、木俣修の寵愛を受けた一人である。彼とは翌年の八月に東京で行われた「形成全国大会」で初めて会っている。歌人などという風貌はまったくなく、よき兄貴といった感じの青年であった。その後は、「形成全国大会」に合わせて毎年会っていた。何の前触れもなく上京しては、驚かされたこともある。わたしが上石神井の借家に住んでいた時には、夜中まで歌談義に花を咲かせたこともある。所沢に住んでからも、泊まり込んで時間の経つのも忘れて話し込んだ思い出がある。
井上には二冊の歌集がある。生前の『冬の稜線』と亡くなってからの『時鐘』である。どちらの歌集にも深くかかわった。『冬の稜線』の出来上がるのを待って、白馬印刷に車で取りに行った。翌日には、所沢の郵便局から発送している。『時鐘』は、遺歌集である。一九八五(昭和60)年の事故死の報せは誰もが信じられないことであった。享年四十五という若さであった。遺歌集『時鐘』の編集には、誠心誠意尽したつもりである。

死にたればやすけくあれよ地平線の上にあかるき空あらはれぬ　　井上正一『時鐘』
否応なく来るものをしかと見ておけと死を刻みたる顔が笑へり
すぐそこに待ちてゐる死か天窓の雪はゆふべのひかりに鎮む
孤独癖幻想癖と嘆かひて詠みき喬君に継がれゐるべし　（外塚杜詩浦氏を悼む）

死を予感していたような歌が多いのが気になる。観音寺での出版記念会や墓所を訪れた日が、今でも忘れられない。一月十九日が、彼の命日である。あの日も山茶花が咲いていた。

署名本

蔵書の整理をしていて、かなりの数の署名本があることに気づいた。大方は木俣修先生の本であるが、なかには思いもよらない方の署名本がある。木俣先生の署名本の多くは、〈外塚喬君蔵本〉との署名がしてある。かつてはよく古書店に通ったが、寄贈された方が処分したと思われる署名本を見つけることがあった。贈った先が著名な方であれば、それはそれでまた価値があるのだろう。

手元に北原白秋の『香ひの狩獵者』がある。一九四二（昭和17）年に河出書房から刊行されたものである。この本の扉には、〈九月二十一日　白秋〉の署名とともに〈修君恵存〉と白秋自筆の署名がある。「修君」はもちろん木俣修である。『香ひの狩獵者』の発行は九月十日なので、できたばかりの本を木俣修に謹呈したのだ。手元の『香ひの狩獵者』を開くたびに、すでに刊行から八十年も経っているが、白秋の気息が伝わってくるような気がしてならない。この本を、白秋自身が手に取って署名をしている様子が窺えるのだ。わたしは白秋には一度も会ってはいないが、書物を通しての繋がりを感じてならないのだ。署名本は単なる署名本ではなくて、字の上手さなどには関係なく、作者の人柄までもが込められているようにも思える。
何といふひろいくさはらこのはらになぜまつすぐの道をつけないか　前川佐美雄『植物祭』
前川佐美雄の『植物祭』には、この一首が認められている。歌集を繙く前には必ず目に入る。心してこの歌集を読んで欲しいという、作者の強い希求があるようにも思われる。
書き出しの藍の掠《かす》るるボールペンなぞり直してわが署名せむ　篠　弘『凱旋門』
さくら食む鳥のあかるさ終はりなき書物を得たる少女のやうに　水原紫苑『びあんか』
篠弘さんが達筆なことは知られている。署名本を頂くたびに、身の引き締まる思いがした。昨年の十二月十二日に亡くなられた。短歌史に残る膨大な仕事をした方だ。まだ、し残した仕事があっただろうと思うと、ご逝去が残念でならない。「書き出しの藍の掠《かす》るる」の表現が心憎い。水原さんの歌。鳥からの発想の豊かさ。二句切れの効果。さらには結句で比喩ということを解き明かす見事さ。

消費期限

買い物をするようになってからは、賞味期限と消費期限には気を付けている。その日のうちに食べてしまえば問題は無いのだろうが、毎日買い物に行くなどといった余裕はない。したがって、どうしても買い溜めをしてしまうのだ。

買い物のプロからは、賞味期限と消費期限くらいは誰でも知っていると言われるが、なにしろ素人の料理人なのである。魚も捌けるし大抵の料理ならできると思っているが、まだまだ未熟者なのだ。

賞味期限は、「比較的長持ちする加工食品を、定められた方法によって保存した場合、その品質が十分に保ておいしく食べられる期限」とあり、消費期限は、「傷みやすい食品を定められた方法によって保存した場合、安全に食べられる期限」と『広辞苑』には記されている。

買い物をする場合、とにかく賞味期限を確かめることにしている。何日かは冷蔵庫で保管できるものがよいと思うからだ。傷みやすい消費期限の品物では、冷蔵庫を頻繁に覗いていないといけないからだ。そうは言っても期限切れの食べ物は、冷蔵庫の中を確かめるたびに見つかるのだ。管理が悪いと言われればそれまでだ。料理人はそれくらいの気持ちでいなければいけないとも、言われている。
思い出すのは、『木俣修をよむ』（一九九六）を刊行するに当たって、「修の素顔」ということで木俣しな子夫人にインタビューをお願いした時のことである。夫人からは、時々、主人の冷蔵庫の点検があるのですという言葉に驚いたことがある。

夜半開く冷蔵庫の中一本のけものの白き乳凍りゐつ　富小路禎子『白暁』
おし黙り会ひて寝ぬれば折檻に遇ひゐるごとく冷蔵庫鳴る　竹山　広『残響』
似るな似るなといひて育ててきた息子冷蔵庫にてあたまを冷やす　米川千嘉子『滝と流星』

ここに取り上げた歌は、冷蔵庫を媒介として独自の視点で作品を構築している。学ぶところが大きい。そういえば、わたしにも冷蔵庫の中味を点検する癖がついてしまっている。食べ物に関して木俣先生は、相当なこだわりがあったのではないだろうか。木俣先生は食通であったが、自身で台所に立つこともあったと思われる。実際、わたしが田舎から頂いた青唐辛子を持参した時には、手早く酒のつまみにしてくれたことがある。そして私は酩酊してしまった。

メダカの飼育

生き物は、飼っていると情が湧いてくるものだ。犬を飼っている人は、毎日の散歩を欠かすことはないだろう。最近では、子どもよりも犬を可愛がっている人を見かけることがある。わたしも猫を飼っていたころには、家族には決して見せない顔を猫に見せていたらしい。

今では手のかからないメダカを飼っている。手がかからないといっても、餌だけは毎日与えなければならない。水草を入れておけば餌を毎日与えることはないというが、餌やりが習慣になってしまった。

昨年の秋にメダカを増やそうと思って準備をしていたが、体調を崩して入院などをしていたので、そのままになってしまった。メダカは何か所かに分けて飼っている。病気になって全滅しないようにと、思ってのことである。

メダカや金魚を飼うのは、梅雨が明けてからがよいと言われている。梅雨時には、病にやられてしまうことがあるのかも知れない。梅雨が明けたら増やそうと思っていたら、驚くことに一ミリにも満たないメダカの子が、大きな水甕に泳いでいるのだ。メダカの水甕にあった水草を空いている水甕に移して置いたら、そこで孵化したのだ。水草についていた卵が孵ったのだ。その数はとても数えきれないほどである。以前にも孵ったことはあるが、今回の数の多さには驚いている。しばらくは様子をみて、水甕を買い足すことを考えている。孵化したからといって、すべてが成長するわけではない。おそらくは一割くらいしか生き残れないのではないかと思っている。それでも成長が楽しみだ。

花すべてこぼしたあとの青空の水は目高を飼ひたさうなり　馬場あき子『ゆふがほの家』
人間嫌いの春のめだかをすいすいと統べいるものに吾もまかれむ　寺山修司『空には本』
いのちある物のあはれは限りなし光のごとき色をもつ魚　佐藤佐太郎『群丘』

馬場さんの歌は、メダカを飼っているわけではない。「青空の水」からの発想の豊かさに、感服する。寺山作品はよくわかる。メダカは人間嫌いなのだろうか。餌をやろうとすると、集まってくるのが可愛い。佐藤作品では、魚の命を詠んでいる。メダカの種類は多くて、高価なものもいて、一匹数千円のものもいる。とてもわたしの小遣いでは手が出ない。せいぜい飼っているのは、緋目高と白目高と黒目高だ。

あとがき

歌を詠んでいる時がいちばん楽しい。しかし、月々の「朔日」の体裁を整えるためには、エッセイを書き続けなければならなかった。二〇〇五（平成17）年にエッセイ集『インクの匂い』を出したが、その時は一〇〇篇を人に選んでもらった。今回は無理が言えないので、わたし自身が選択をしなければならなかった。同じような素材の文章を落としたが、それでも一二六篇になってしまった。もう少し早くから準備をしておけばよかったが、木俣修先生に関わる仕事などに時間を取られていて叶わなかった。

収めた文章は、日常の瑣事を書いたに過ぎない。変化のない日常ではあるが、わたしの生きている姿を少しなりとも理解してもらえればうれしい。読み返してみると、二十年近くの歳月が蘇ってくる。退職後のゆとりのある時間を切望していたが、叶わなかった。八十歳を目前にして、老いとどう向き合っていくかも考えなければならない時を迎えている。

六花書林社主の宇田川寛之さんとは早くから約束していたが、昨年の夏ごろから年末にかけて体調を崩したこともあって、遅れてしまった。すべてを任せて一冊となるのを楽しみにしている。

宇田川寛之さん。有り難うございました。

外塚　喬

二〇二三年十月朔日

著者略歴

外塚　喬 (とのつか たかし)

1944（昭和19）年栃木県栃木市（旧瑞穂村）生まれ。1963（昭和38）年「形成」に入会して木俣修に師事。木俣修没後から「形成」解散までの十年間を編集に関わる。1994（平成６）年１月、月刊短歌誌「朔日」を創刊。歌集に『喬木』『昊天』『戴星』『梢雲』『花丘』『天空』『真水』『火酒』『漏告』『草隠れ』『山鳩』『散録』『鳴禽』（第44回現代短歌大賞受賞)。歌論集『現代短歌の視点』『木俣修のうた百首鑑賞』『実録現代短歌史　現代短歌を評論する会』。エッセイ集『インクの匂い』。共編『木俣修作品初句二句索引』。編著『木俣修を読む』『木俣修読本』。日本文藝家協会会員。現代歌人協会会員。

うたの徒行

朔日叢書第122篇

2023年12月19日 初版発行

著 者――外 塚 喬

発行者――宇田川寛之

発行所――六花書林
〒170-0005
東京都豊島区南大塚3-24-10 マリノホームズ1A
電 話 03-5949-6307
FAX 03-6912-7595

発売――開発社
〒103-0023
東京都中央区日本橋本町1-4-9 フォーラム日本橋8階
電 話 03-5205-0211
FAX 03-5205-2516

印刷――相良整版印刷

製本――武蔵製本

ISBN978-4-910181-57-8 C0095